光文社文庫

文庫書下ろし&オリジナル

エクスワイフ

大石　圭

KOBUNSHA

この作品は光文社文庫のために書下ろされました。

目次

オカメインコ

きょうは夏至《げし》だ。１年でいちばん昼の時間の長い日だ。

もしかしたら、そのせいなのかもしれない。目が覚めた時、何だか寂しいような……残念なような……そんな気持ちになった。

昔から、わたしは夏が大好きだった。夏が来るのが、待ち遠しくてしかたなかった。それなのに、大好きな夏がすぐそこまでやって来ているというのに……夏至の日にはいつも、今朝のような気持ちになった。

そう。昼の時間が延びていくのはきょうまでで、明日からは毎日、少しずつ、少しずつ、日が短くなっていくのだ。きょうが頂点で、その上はないのだ。

それを考えると、いつも物悲しくて、残念なような気分になる。

だけど、その反対に、冬至《とうじ》の日には少し嬉しくなる。冬は大嫌いなのだけれど、その翌日からは少しずつ、少しずつ昼の時間が長くなっていくのだ。冬至のその日が谷底で、それより下はないのだ。

だから、冬至の晩には毎年、わたしはいつもより少しいいワインを開ける。そして、以前は好きな人とふたりで……ここ数年はひとりで、ささやかな冬至のお祝いをする。

わたしはたいてい、午前9時頃に目を覚ます。その時間になれば、夏でも冬でも自然に目が覚めるのだ。

ベッドから出ると、まず窓辺に吊り下がった鳥籠《とりかご》に向かう。そして、もうとっくに目を覚ましていた雌のオカメインコに、「おはよう、サクラ」と声をかける。

「オハヨウ、サエコチャン！　オハヨウ！」

サクラは毎朝、叫ぶように元気よく、わたしに挨拶を返してくれる。

わたしがサクラと出会ったのは、今から12年前のことだった。休日に何げなく立ち寄ったペットショップに、まだ雛《ひな》だったサクラがいて、そのつぶらな瞳でわたしを眩《まぶ》しそうに見つめたのだ。

あっ。

その瞬間、わたしはときめいた。

それまでわたしは、ペットなんか飼ったことがなかったし、小鳥になんか、まったく興味がなかった。それにもかかわらず、あの瞬間、わたしはその小さなオカメインコの雛に恋をしてしまったのだ。

一目惚《ひとめぼ》れ――きっと、そういうことなのだろう。

あの日、わたしは自分自身の心に戸惑《とまど》いながらも、店員に『この小鳥をください』と言った。

そう。あの時のわたしは、サクラがオカメインコであるということさえ知らなかったのだ。

サクラとの挨拶が終わると、わたしはドアポストから新聞を引き抜き、それを手にキッチンに向かう。そして、その日の気分によって、疲れが残っているように感じる朝は酸味の強いもの、そうでない朝は苦みがかったものというふうにコーヒーを選ぶ。

コーヒーができるのを待つあいだ、キッチンに漂う香《かぐわ》しいにおいを嗅ぎながら、わたしは毎朝、マンションの11階にあるこの部屋の窓からぼんやりと街を見下ろす。

新宿から西に7～8キロの距離にある街――若者たちで溢《あふ》れる活気に満ちた街――何度も引っ越しを繰り返したけれど、東京に出て来てからずっと、わたしはこの街に暮らしている。

コーヒーがはいると、いつもナイトドレスのまま、キッチンのテーブルに座って新聞を広げる。夜のお店で働いていた頃、特に銀座で勤めていた頃には、新聞の経済欄や政治欄によく目を通した。社会面や文化面も丁寧《ていねい》に読んだ。けれど、夜の勤めを辞めてからのわたしは、新刊の小説の広告ぐらいしか興味はない。

そう。わたしは小説が好きなのだ。ワインを飲むことと、クラシック音楽を聴くこと、それに小説を読むことは、わたしのいちばんの楽しみなのだ。

コーヒーを飲み終えると、手早く着替えを済ませ、お化粧はせずに部屋を出る。そして、近くのスポーツクラブに行き、たいていは5キロほど走り、プールで1キロほど泳ぐ。時には面倒だと思うこともあるけれど、サボることはめったにない。きっとそのお陰で、わたしは今も高校を卒業した24年前と同じ体型を保っていられるのだろう。

スポーツクラブには、いつも午後1時半頃までいる。それから、いつも近くのイタリア料理店やフランス料理店でランチをし、グラスに1杯か2杯のワインを飲む。

帰宅はたいてい3時頃。それから、下着と洋服を選んで着替えをし、亜麻色《あまいろ》に染めた長い髪をドライヤーで丁寧にセットし、ネックレスやブレスレットやピアスを身につけ、鏡に向かって入念にお化粧をする。

クロゼットの前で随分と迷った末に、きょうのわたしは、黒いホルターネックのワンピースを選んだ。華奢《きゃしゃ》な体にぴったりと張り付くような、とてもタイトで、とても丈《たけ》の短いワンピースだ。尖《とが》った肩とほっそりとした脚が目立つように、わたしはたいていきょうのように、肩が剝《む》き出しになったミニ丈のワンピースを選ぶ。ワンピースに合わせて下着は黒にした。かなり迷った末に、アクセサリーはゴールドで統一した。今夜は買ったばかりの黒いサンダルを履《は》いて出かけるつもりだった。

すべての支度《したく》が終わると、わたしはきょうも鏡の中の自分を見つめた。

「冴子《さえこ》、綺麗《きれい》よ。すごく素敵」

いつものように、鏡の中の自分に言う。それから、いつものように、にっこりと──かつて六本木や銀座のお店で、男の人たちから『可愛《かわい》い』と言われた白い八重歯《やえば》が見えるように微笑《ほほえ》んでみる。


1年に夏至があり冬至があるように、人生には山があり、谷がある。頂点があり、どん底がある。

42歳になった今、わたしはそれをつくづくと実感している。

今になって思えば、『わたしの夏至の日』、つまりわたしの絶頂は、今から20年以上前、六本木のクラブで働いていた頃だったかもしれない。

六本木では5つのクラブに勤めた。わたしは売れっ子だったから、いつもライバルのお店に引き抜かれたのだ。どこもたくさんの女の子が在籍している大きなお店だったけれど、わたしの指名はたいていいちばんだった。

そうなのだ。あの頃、お店に来る男の人たちの多くは、わたしが目当てだったのだ。

男の人たちの多くが、わたしを『綺麗だ』と言った。『可愛い』とも『スタイルがいい』とも言った。映画の有名なプロデューサーの人が、『君みたいに華やかな子は、芸能界にもそうはいないよ』と言ってくれたこともあった。

あの頃は何人もの男の人たちが、いろいろな言葉でわたしを口説《くど》いた。そんな男の人たちの何人かとは、しばらく付き合っていたこともあった。どういうわけか、彼らにはみんな奥さんや子供がいた。

そう。あの頃、わたしが付き合っていたのは、年上で、妻子のある人ばかりだった。わたしは幼い頃に父親を亡くしていたから、そういう男の人に憧れていたのかもしれない。

何人かの男の人たちは、奥さんと別れてわたしと結婚すると言っていた。中には本当に離婚をした人もいた。けれど、結局、わたしは誰とも結婚しなかった。

もし、あの頃、妻子持ちではない普通の男の人と付き合って、普通の結婚をしていたら、どうなっていたのだろう？　何人かの赤ちゃんを産んでいたのだろうか？　東京郊外の住宅街の一戸建に住んで、夫や子供たちのためにご飯を作ったり、洗濯物を干したり、部屋の掃除をしたりしていたのだろうか？

着替えと髪のセットとお化粧が終わるのが、毎日、だいたい午後5時頃——ここまでのわたしの一日は、水商売をしていた頃とほとんど同じだ。

あの頃のわたしは支度が済むとすぐに部屋を出た。そして、たいていはお客さんの誰かと待ち合わせ、居酒屋みたいなところで軽く飲んだあとで、そのお客さんと一緒に自分が勤めているお店に向かった。

だけど、今のわたしは、身支度が終わってもすぐに出かけることはない。たいていは紅茶をいれ、文庫本と携帯電話を持って寝室の窓辺に置かれたソファに腰を下ろす。

ついさっき、文庫本がぎっしりと詰まった本棚の前でしばらく迷っていたあとで、わたしはモームの『月と六ペンス』を手に取った。もう何度も読んだ本だけれど、また読んでみたくなったのだ。

絵を描きたいという欲望のために——その自分勝手な欲望だけのために、仕事や妻子を捨てた、この本の冷酷な主人公がわたしは大好きだった。できることなら、わたしもそんな人生を送ってみたかった。

時折、活字から顔を上げて、窓の外に視線を送る。梅雨《つゆ》に入ったというのに、きょうは朝からとても天気がよく、窓の外は眩しいほどに明るかった。歩いている人たちはみんなすごく暑そうで、若い女たちの多くは肩と脚を剝き出しにした格好《かっこう》をしていた。

窓の外から視線を戻すと、今度はソファのすぐ脇のテーブルの上に置いた小さな携帯電話に目をやった。

そのショッキングピンクの電話が鳴るのを、わたしはいつも待っていた。けれど同時に、その電話が鳴らないことをも願っていた。

もし、夜の10時まで電話が鳴らなければ、今夜はもう出かける必要はない。そういう晩は、お化粧を落とし、ゆっくりと入浴をする。そして、簡単な料理を作り、それを食べながらワインを飲む。

今夜は出かけることになるのだろうか？　それとも、この4日間のように電話は鳴らず、せっかくのお化粧を誰にも見せずに落とすことになるのだろうか？

電話が鳴ってほしい……でも、鳴らないでほしい……。

複雑な気持ちで、わたしはまたピンクの電話を見つめた。微《かす》かな不安と微かな恐怖が、下腹部を疼《うず》かせるのがわかった。

六本木から銀座に移ったのは今から15年前、27歳の時だった。知り合いのママが独立してお店を始める時に、『ぜひ、うちで働いてもらいたいの』と強く誘われたのだ。

銀座は、六本木とはお客さんの層がまったく違ったから、最初の頃は戸惑うこともあったけれど、やがて、わたしは銀座のお店でも、かなりの売れっ子になった。

そのお店には半年ほどしかいなかった。ママと喧嘩《けんか》をして辞めてしまったのだ。だけど、その後もわたしは銀座に残った。そして、いくつものお店を渡り歩きながら、結局、12年にわたって銀座で働いた。

12年――。

そのあいだには、本当にいろいろなことがあった。プロ野球選手や有名なファッションデザイナーがわたしを気に入り、毎日のようにお店に通って来たこともあった。ある大企業の取締役から愛人にならないかと言われたこともあったし、ゲームソフトで巨富を築いた会社経営者から同じような提案を受けたこともあった。

けれど、当時も今も、相手がお金持ちだからという理由で、わたしの心が動いたことはない。わたしはいつも、好きな人と一緒にいたいだけなのだから。

あの頃のお客さんの中でいちばんよく覚えているのは、小さな会社の営業マンだった男の人のことだ。

当時、その人は32歳だった。わたしは30歳で、ペットショップで一目惚れしたオカメインコのサクラを飼い始めたばかりだった。

たまたま接待でお店にやって来たその人は、わたしに猛烈に熱を上げた。そして、翌日からは毎晩のように、ひとりで通って来るようになった。

その人はごく普通のサラリーマンだったから、そんなお店に通い詰めるのは経済的に難しかったに違いない。あの頃、わたしが働いていたお店は、座っただけで2万円というようなところだった。それでも、その人は通い続けた。そして、必死になってわたしを口説こうとした。

その男の人は優《やさ》しげで、育ちがよさそうで、いつも少し心細そうにしていて、口数も多くはなくて、どちらかといえば、わたしの好みだった。だから、その人と付き合ってもいいという気持ちもあった。けれど、その頃のわたしは、自分が働いているお店のウェイターと暮らしていたから、その男の人の気持ちに応えるわけにはいかなかった。

3カ月ほど通い続けて来た末に、その人はある晩、「ここに来るのは今夜が最後だよ」と、わたしに言った。

「どうして？」

わたしは訊《き》いた。わたしから心が離れてしまったのかと思ったのだ。けれど、そうではないようだった。

「実は……もうお金を借りられるところが、どこもなくなっちゃったんだよ」

その人が言った。そして、寂しそうに笑った。

その言葉が嘘ではないことは明らかだった。ざっと計算しただけで、その人は3カ月間に、わたしのいたお店で百五十万円以上のお金を使っていた。その上、その人はしばしばわたしに、ブランド物のアクセサリーをプレゼントしてくれていた。

その晩、わたしはその人を、お店の外まで送っていった。そして、その人の体を抱き締め、その唇に自分の唇を押し当てた。彼とキスをしたのは初めてだった。

「ありがとう」

唇を離したあとで、その人が言った。そしてまた、寂しそうに笑った。

あの人は今、どこで、どうしているのだろう？　借金はちゃんと返すことができたのだろうか？　今はもう、奥さんや子供がいるのだろうか？

文庫本を手にそんなことを考えていたら、テーブルの上の携帯電話が鳴った。

「あっ……」

思わず声が出た。

その電話を待っていたというのに……この4日間、電話が来なくて、ほとんど待ち侘《わ》びていたと言ってもいいくらいなのに……電話が鳴った瞬間、心臓が跳ね上がり、掌《てのひら》からじっとりと汗が滲《にじ》み出した。

「はい。桜木《さくらぎ》です」

「桜木冴子」というのがわたしの名前だったが、その名前で働いたことは一度もなかった。

『石田です。今夜、7時に新宿なんですが、桜木さん、行けますか？』

いつものように、耳に押し当てた電話から石田さんという女性の事務的な声がした。

「7時に新宿ですね。ええっと……ちょっと待ってください」

行けるということはわかっていた。だが、わたしは予定を確認するフリをした。「はい。大丈夫です。行けます」

『それが桜木さん、実は今夜のお客さんは三人なんですよ』

「それは……三人一緒ということですか？」

ためらいがちに、わたしは訊いた。この3年のあいだに、ふたりのお客さんを同時に相手にしたことは何度かあった。けれど、三人一緒の経験はなかった。

『ええ。そうです。三人一緒です』

石田さんが事務的に答えた。

「あの……ということは……報酬は3倍ですか？」

『いいえ。6倍です』

石田さんがまた事務的に答えた。

「あの……どうしてそんなにもらえるんですか？」

『さあ、どうしてなんでしょう？　先方から言い出したことなんですよ』

「ほかに行きたい女の子はいないんですか？」

『それが……何人かにあたってみたんですけど……そんなにもらえるなんて、何かひどいことをされるんじゃないかって、みんな怖がっちゃって……』

石田さんが言った。それほど一度に長く彼女が話すのを聞いたのは初めてだった。『どうします、桜木さん？　行きますか？　それとも、やめておきますか？』

6倍の報酬、4日間も仕事にあぶれていたわたしにとって、その額は魅力的だった。

「行きます。行かせてください」

小さな電話を握り締めて、わたしは言った。

『わかりました。それでは、頑張ってください』

そう言うと、石田さんはやはり事務的に、わたしに行き先を告げた。

電話を切ると、わたしは文庫本を脇に置いた。それから、ふーっと長く息を吐《は》き、三人の男の人が待っているホテルに向かうため、ゆっくりと立ち上がった。

そう。今のわたしの仕事は、体を売ることなのだ。わたしは出張売春婦なのだ。


わたしは今、冬へと向かう下り坂の人生を送っていた。きょうより明日、明日より明後日のほうが日が短くなるような……そんな毎日だ。

わたしの夏は終わったのかもしれない。もしかしたら、これから冬が来るのかもしれない。

そんなふうに感じるようになったのは、30歳をいくつか過ぎた頃からだった。

かつてはお店を訪れる男の人たちの多くが、わたしを目当てにしていた。なのに、ふと気づくと、彼らはわたしではないほかの女の子を目当てに訪れるようになっていた。かつてのわたしはいつだって、まるで太陽みたいにお店の中心で輝きを放っていた。それなのに、ふと気づくと、わたしはお店の隅のほうで、ほかの女の子が放つ光に照らされるだけ

なっていたのだ。

の月のような存在になっていた。

ふと気づくと——。

いつがそのターニングポイントだったのかはわからない。本当に、ふと気づくと、そうなっていたのだ。

まるで真昼の月のように、お店でのわたしの存在感は日を追うごとに薄れていった。そして、今から3年ほど前、39歳の時に、お店の経営者にわたしは事務所に呼び出され、そこで解雇を通告された。

驚いた？

いいえ。驚きはしなかった。いつか……それほど遠くない、いつか……こんな時が来るのではないかと感じていたから……。

すぐに銀座の別のお店で働こうと思った。けれど、わたしを雇うと言ってくれる経営者は、銀座にはもうひとりもいなかった。

それからわたしの人生は、一気に冬へと向かっていった。

もちろん、もっと安いお給料でなら、わたしを雇う経営者もいただろう。たとえば銀座や六本木でなく、もっと場末の繁華街でなら働き口もあっただろう。

けれど、それらのお店から与えられる金額では、わたしの欲求を満たすことはできないはずだった。決して贅沢な暮らしをしていたわけではなかったが、当時のわたしの生活を維持するためには、普通のOLたちのお給料の倍以上のお金が必要だった。

どうしよう？　これからどうやって暮らしていけばいいんだろう？

水商売以外の仕事をしたことのないわたしは途方に暮れた。今の仕事と出会ったのは、そんな時だった。


部屋を出る前にいつものように、わたしはオカメインコのサクラに「行って来るね。すぐに戻って来るから、いい子にしているのよ」と声をかけた。

「イッテラッシャイ、サエコチャン！」

鳥籠の中でいつものように、サクラは叫ぶように返事をしてくれた。

その声を聞くだけで、わたしの心はとても温かくなった。これから仕事に行くという緊張もいくらかはほぐれ、頰《ほお》には無意識のうちに笑みが浮かんだ。

わたしはサクラをペットだとは思っていない。彼女はこの世界で、わたしが心を許せる唯一の存在なのだ。わたしの親友なのだ。

ああっ、あの日、サクラと出会えてよかった。

その偶然に、今のわたしは心から感謝している。

サクラと別れて玄関に向かう。下駄箱から真新しいハイヒールのサンダルを取り出し、それに足を入れる。

いつかお金に余裕ができたら、オーストラリアに行ってみようかな……そんなことを、ぼんやりと思う。

オーストラリアはオカメインコの故郷だったから。

新宿でオレンジ色の電車を下りると、大勢の人々でごった返す道を、わたしはサンダルの高い踵《かかと》をぐらつかせながら足早に歩いた。指定されたホテルまでは駅から歩いて10分ほどの距離で、これまでにも何度かそこで仕事をしたことがあった。

買ったばかりのサンダルのストラップが、親指の付け根に食い込んで鈍《にぶ》い痛みを発していた。お店に勤めていた頃は、いつもタクシーで移動したから、ハイヒールでそんなに長い距離を歩くことはなかった。けれど、今は節約のため、可能な限り自分の脚で歩くようにしていた。

暑かった。脚と肩のほとんどを剥き出しにしているというのに、わたしの体はじっとりと汗ばんでいた。６時半をまわったにもかかわらず、まだ空はとても明るくて、気温も相変わらずひどく高かった。

仕事の前にシャワーを浴《あ》びさせてもらえるといいのだけれど……。

ハンカチで額《ひたい》の汗を押さえながら、そんなことを思った。

すれ違う男の人たちの多くが、わたしの顔と体を横目で見ていた。中にはわたしの全身に絡むような視線を投げかけて来る男の人もいた。着飾った女の子たちの何人かは、わたしを挑戦的に睨《にら》みつけた。

そう。今もわたしは綺麗なのだ。相変わらずスタイルが抜群《ばつぐん》なのだ。だからこそ、若くて綺麗な女の子たちまでが、ライバルとしてわたしを見るのだ。

いつものように、そんな人々の視線がわたしを勇気づけた。


目的地のホテルに着いたのは約束の20分前だった。ベルボーイが開けてくれたドアを抜けると、そこには涼しくて乾いた空気が満ちていた。

ハイヒールの靴音を響かせながら、わたしはまず1階にあるトイレに行った。そして、鏡に向かってお化粧を直し、毛先にウェイブのかかった長い髪を指先で簡単に整《ととの》えた。

わたしの隣では着飾った若い女の子がふたり、マスカラを塗《ぬ》り直したり、唇にグロスを塗り重ねたりしていた。どちらも20歳前後で、なかなか綺麗な子だった。

これからこのホテルで何かのパーティがあるのだろうか？　それとも、レストランで食事をするのだろうか？

きっと今が、彼女たちの夏至の時季なのだろう。そして、きっと、自分たちが年を取る日が来るなんて、考えてもいないのだろう。

けれど、羨《うらや》ましいと思わなかった。わたしにも夏至の日はあったのだから……。

トイレを出るとエレベーターに乗った。そして、最上階のボタンを押した。

そう。今夜わたしを呼んだ人たちは、最上階のスィートルームにいるはずだった。

どんな人たちなんだろう？　どうして三人一緒なんだろう？

エレベーターの扉がゆっくり閉じると、急に心臓が高鳴り始めた。寒いわけではないのに、ハイヒールに支えられた剝き出しの脚が細かく震えた。

大丈夫よ、冴子。嫌《いや》なことなんて、あっと言う間に終わってしまうわ。

上昇を続けるエレベーターの中で、わたしは自分にそう言い聞かせた。

ドアを開けた男の人は、部屋に備え付けの白いタオル地のバスローブをまとっていた。たぶん、20代の前半だろう。背が高く、がっちりとした体つきをしていて、顔はよく日に焼けていた。

「こんばんは。夏美《なつみ》と申します」

その人の若さに戸惑いながらも、わたしは深く頭を下げた。夏美というのは、この仕事を始めてから自分でつけた名前だった。

男の人は無言のまま、わたしのことを、頭の天辺《てっぺん》から爪先までジロジロと見つめた。それから、無言のまま、わたしを招き入れた。

部屋に入った瞬間、わたしはその広さと豪華さに目を見張った。これほど素敵な部屋に呼ばれたのは初めてだった。

そこはリビングルームで、広々とした大理石の床の上に大きなソファのセットと、大きなテーブルのセットが置かれていた。カーテンをいっぱいに開けた窓からは、夕闇の中に浮かび上がる新宿の街の光が一望できた。部屋の隅には両開きの大きなドアがあった。きっと、その向こうにベッドルームがあるのだろう。

電話で聞いたとおり、部屋の中にはほかにふたりの男の人がいた。白いバスローブ姿でソファに向き合い、ウィスキーらしい琥珀色の飲み物のグラスを手にしていた。ふたりとも30歳くらいで、ドアを開けた人と同じように、どちらも背が高く、がっちりとした体つきをしていて、よく日焼けしていた。ふたりはよく似ていたが、ひとりは髪を茶色に染めていた。

そこにいる全員がわたしより遥《はる》かに若いことに、わたしはひどく戸惑っていた。こんないい部屋にいるのだから、年配の人に違いないと想像していたのだ。

「夏美と申します。あの……今夜はよろしくお願いいたします」

ぎこちなく微笑みながら、わたしは今度はソファに座った人たちに頭を下げた。

「随分とババアが来たな」

ソファに座った男の人のひとり、髪の黒いほうの人が笑いながら言った。

「そうですね。俺のオフクロと同じぐらいに見えますね」

ドアのところに立った、いちばん若い人が答えた。

「あの……もし、お気に召さないようでしたら、別の女の人にチェンジすることもできますけど……」

ためらいがちに、わたしは言った。お客さんを選ぶようなことはしたくなかったし、今夜の報酬は魅力的だったけれど……何となく、逃げ出したい気持ちになっていたのだ。

「チェンジかあ。本当はそうしたいところなんだけど、チェンジとなるとまた時間もかかるしなあ……」

髪の黒いほうの人が、わたしに不躾《ぶしつけ》な視線を向けたまま言った。

「まあ、いいや。今夜はおばさんで我慢するよ。その代わり、俺たちに損をさせないように、たっぷりとサービスしてくれよな」

こちらに視線を送り続けている三人を見つめ、わたしはまた、ぎこちなく笑った。そして、ドアを開けた人を『A』、髪を染めた人を『B』、もうひとりを『C』という名のロボットだと思うことにした。

そう。わたしはいつもそうしているのだ。自分が相手をしているのは、心を持たないロボットだと思うようにしているのだ。

Aがわたしに紙幣の束を手渡した。約束通り、通常の報酬の6倍の額だった。

わたしが紙幣をバッグにしまうとすぐに、Cがワンピースを脱ぐように命じた。どうやら、シャワーを浴びることは許されないようだった。

「あの……今、ここでですか？」

わたしは訊いた。服を脱ぐのは隣のベッドルームに行ってからだと思っていたのだ。

Cは返事をしなかった。ただ、頷《うなず》いただけだった。

しかたなく、わたしは首の後ろで結ばれていた紐《ひも》を解き、体をくねらせながら、汗ばんだ皮膚に張り付くようなワンピースを脱皮でもするかのようにして床に脱ぎ捨てた。

ショルダーストラップのない黒いブラジャーと、黒くて小さなショーツだけになったわたしの全身に、3体のロボットが絡み付くような視線を送って来た。

「おばさん、おっぱいがすごく小さいんだな。まるで男の胸じゃねえか」

ソファから立ち上がったBが言った。そして、どこからかカメラを取り出し、そのレンズをわたしのほうに向けた。

「写真は困ります」

両腕で胸を隠すように押さえて、わたしは言った。

Bはわたしを見つめて冷たく笑った。そして、無言のまま、バスローブのポケットから何枚かの1万円札を取り出し、それを小さく折り畳んでわたしに投げ付けた。

折り畳まれた紙幣は、わたしの剝き出しの右肩に当たって床に落ちた。わたしは腰を屈《かが》め、足元に落ちたそれを拾い上げた。

紙幣を広げてみると、その額は通常のわたしの一晩の報酬より遥かに多かった。

Bが再びわたしにカメラを向けた。だが、今度はわたしは抗議をしなかった。ただ、右手に紙幣を握り締めたまま、下着姿で立っていただけだった。

そう。わたしはお金に屈したのだ。

すぐにBが撮影を始めた。ストロボが続けざまに光り、わたしの網膜にいくつもの残像を、そして……わたしの心に強い屈辱を残していった。

「よし、おばさん、まず口でやってもらおう」

今度はCが立ち上がり、わたしと向かい合うように立った。そして、筋肉質な太い腕を無造作に伸ばし、わたしの髪を──ドライヤーとヘアアイロンで30分近くかけてセットした髪を、抜けるほど強く鷲掴《わしづか》みにした。

込み上げる屈辱感に、わたしは奥歯を噛《か》み締めた。そんなわたしの目を真っすぐに見つめてCが命じた。

「おばさん、ぐずぐずしていないで、さっさと始めろよ」

悔しかった。けれど、わたしに与えられた選択肢は、たったひとつしかなかった。

髪を鷲掴みにされたまま、わたしはゆっくりと腰を屈めると、ひんやりとした大理石の床に下着姿でひざまずいた。それから、両手でCのバスローブを左右に広げ、そして……もう何も考えず、目の前にそそり立っていた男性器を──自分より一回りくらい年下の男のそれを、目を閉じて口に含んだ。

耳元でシャッター音が続けざまに響いた。

下着姿で床にひざまずいたわたしの髪を両手で鷲摑みにしたまま、Cはわたしの口の奥に荒々しく男性器を突き入れた。

ずん……ずん……ずん……ずん……。

喉《のど》を突く衝撃のあまりの激しさに、わたしは何度も男性器を吐き出して咳《せ》き込んだ。

「おばさん。真面目《まじめ》にやれよ」

咳が落ち着くとすぐに、Cはまたわたしの口に男性器をこじ入れた。そして、またわたしの顔を乱暴に打ち振り、自分も腰を前後に動かし、喉の奥に男性器を突き入れて来た。

わたしは必死で頭を空《から》っぽにし、込み上げる吐き気と屈辱に耐えた。

唾液《だえき》にまみれた男性器と唇が擦れ合う音、自分の口から漏《も》れるくぐもった呻《うめ》き、それにカメラのシャッター音とが、耳に絶え間なく届いた。

硬直した男性器が、いったい何度、喉を突いただろう？　わたしはいったい何度、噎《む》せ返り、身をよじりながら咳き込んだだろう？　それほど乱暴に口を犯されたのは初めてだった。

何十回目かに男性器が喉を突き上げた瞬間、意志とは無関係に胃が痙攣《けいれん》した。そして、次の瞬間、堪え切れずにわたしは嘔吐した。口から溢れ出した泡立った胃液が、大理石の床に飛び散り、わたしの太腿《ふともも》や膝《ひざ》を温かく濡《ぬ》らした。

「きたねえな、バカやろう！」

わたしの髪を鷲摑みにしたまま、顔が真横を向くほどの激しさで、Cがわたしの左頰を張った。

「ひっ……」

左の耳がキーンとなり、口の中に血の味が広がった。同時に、目の前が暗くなり、意識が薄れて胃液の床の上に倒れかけた。

けれど、倒れ込むことはできなかった。Cが相変わらず、左手でわたしの髪をがっちりと摑んでいたからだ。

「くそババア、早く続けろ！」

朦朧《もうろう》となったわたしの口に、Cがまた男性器をねじ込んだ。そしてまた、わたしの顔を乱暴に打ち振り、喉を突き破るほどの激しさで男性器を突き入れた。

「頑張れ、おばさん」

どこからか、Aの笑い声が聞こえた。いや……Bの声だったかもしれない。

いつの間にか、わたしは泣いていた。お客さんとの行為の途中で涙を流すのもまた、わたしにとっては初めてのことだった。

わたしの口の中に体液を放出すると、Cはそれを嚥下《えんげ》するように命じた。好きな人以外にそんなことをしたことはなかったけれど、また殴られるのが恐ろしくて、わたしはその命令に従った。粘り気の強い液体が喉に絡みながら食道を流れ落ち、そのあまりのおぞましさに、また涙が流れた。

Cとの行為は地獄だった。けれど、それは本当の地獄の始まりに過ぎなかった。

Cの次はAとBの番だった。ふたりはわたしからショーツとブラジャーを毟《むし》り取ると、大理石の床に四つん這《ば》いになるように命じた。そして、Bがわたしの顔の前にひざまずき、髪を鷲摑みにして口に男性器を挿入した。Aのほうは背後からわたしの尻を左右に広げ、女性器ではなく肛門のほうに、硬直した男性器を無理やりねじり入れて来た。

口に押し込まれたBの男性器は、Cのそれよりさらに太くて息が詰まった。肛門を犯されるのは久しぶりだったから、Aが挿入して来た時には、気が遠くなるほどの激痛に見舞われた。

背後から突き入れられた男性器が凄《すさ》まじい勢いで直腸を貫《つらぬ》き、口から突き入れられた男性器が嫌というほど激しく喉を突き上げた。2本の男性器が同時に突き入れられるたびに、肉体を貫く男性器の先端が、体の中でぶつかるのではないかとわたしは感じた。

さっきと同じように、わたしは何度も噎せ、何度も身をよじって咳き込んだ。

「ああっ、お願い……お願いだから、もっと優しくして……」

咳が終わるたびに、わたしは泣きながらBに訴えた。けれど、Bがしたのは、無言でわたしの口に男性器を押し込むことだけだった。


石田さんの電話を受けた時からある程度の覚悟はしていたし、自分がどんなことをされるのか、ある程度は予想もしていた。高い報酬はいつだって、それに見合った大きな代償を要求するものなのだから。

けれど、その晩、3体のロボットたちは、予想を遥かに上回る激しさで、わたしを凌辱しまくった。

AとBとCは、それぞれ三度か四度ずつ、わたしの口や膣《ちつ》や肛門を犯した。口と女性器と肛門をAとBとCが同時に犯したこともあったし、わたしの顔や乳房に白濁した体液を浴びせたこともあった。

3体のロボットたちに凄まじい凌辱を受けながら、わたしはパニックに陥った時のサクラのことを思い出した。

オカメインコはとても繊細な神経の持ち主で、突然の大きな物音に激しく怯《おび》え、しばしばパニックに陥る。そして、甲高《かんだか》い悲鳴を上げながら、体から血が出るほどの激しさで、鳥籠に体当たりを繰り返すのだ。

その晩のわたしは、そういう時のサクラにそっくりだった。ロボットたちに嫌というほど犯されながら、わたしは泣き、叫び、呻き……苦しげに喘《あえ》ぎながら、めちゃくちゃに身を悶《もだ》えさせた。

満足いくまで体液を放出し終えると、今度はロボットのどれかが（その頃には、わたしには、どれがAで、どれがBで、どれがCなのかわからなくなっていた）、わたしの口に尿を注ぎ入れようとした。

「いやっ……いやっ……」

わたしは泣きながら首を振った。

すると、ロボットの1体が何枚かの1万円札を丸めて筒のような形にし、それをわたしの口に深く押し込んで来た。

「これでいいんだろ？　おばさんは、金のためにならどんなことでもするんだろ？」

ロボットの1体が笑いながら言った。

今度はわたしは抵抗しなかった。筒状に丸められた紙幣を咥《くわ》えたまま、しっかりと目を閉じていただけだった。数えたわけではなかったけれど、口に咥えた1万円札は5枚か6枚はあるようだった。

そう。わたしはまたしても、お金に屈したのだ。ロボットの言ったように、わたしはお金のためになら何でもするのだ。

ロボットの1体が、わたしが咥えた筒状の紙幣に男性器の先端を押し当てた。そして、その中に大量の尿を放出した。

「こぼさずに飲めよ」

ロボットが命じ、わたしは少し噎せながらも、口の中に注ぎ入れられた温かな液体を飲み下した。尿を嚥下するのもまた、生まれて初めての経験だった。

その後も3体のロボットたちは、わたしに侮辱的な言葉の数々を浴びせ、わたしの目の前で紙幣をちらつかせながら……これでもかというほど徹底的に、気が遠くなるほど長時間にわたって、わたしを執拗《しつよう》に凌辱し続けた。

わたしが彼らを人間だとは思わなかったように、彼らもまた、わたしを人間だとは思っていないようだった。

人格が崩壊するというのは、こういうことなのだろうか？

途中からはわたし自身も、自分がロボットなのだと感じるようになっていた。男の人たちの性欲の処理をするために作られた、心を持たないロボットなのだと……。

3体のロボットたちは、バスローブの紐を使って全裸のわたしをベッドに仰向《あおむ》けで大の字に縛り付け、わたしの口や性器や肛門に太くてグロテスクな電動の疑似男性器を挿入しながら、悶絶するわたしの姿を何枚もカメラに収めた。わたしの体に熱く溶けたロウソクの雫《しずく》を滴《したた》らせたり、わたしの乳房や腹部にマジックペンで卑猥な言葉を落書きしたり、わたしの股間《こかん》にシェービングクリームを塗り、カミソリで性毛を剃り落としたりもした。

地獄。それはまさに地獄だった。


部屋に来たのは7時だったというのに、わたしがそこを出た時には、時計の針は午前1時をまわっていた。

ホテル前でタクシーに乗った。マンションまでタクシーで帰るつもりだった。

今夜は一晩で、いつもの20倍近い報酬を手にしていたから、少しぐらいの贅沢は許されるだろうと思った。それに、疲れ切って、もう一歩も歩くことができなかったのだ。

タクシーのシートに身を預け、わたしは窓に映った自分の顔を見つめた。

ホテルのトイレで顔を洗い、簡単に化粧を直して来たけれど、涙を流し続けていたために、左右の瞼《まぶた》がひどく腫《は》れ上がっていた。鷲摑みにされ続けた髪は乱れて、ボサボサだった。左の耳では相変わらずキーンという音が続いていたし、女性器や肛門も強い疼きを発していた。

まるでボロ雑巾のように、わたしは身も心もズタズタになっていた。息も絶え絶えといってもいいほどだった。

今夜は人生で最悪の晩だった。思い出すのも嫌なほどにひどい夜だった。

ああっ、きょうは夏至だというのに……きょうがいちばん昼の長い日だったというのに……わたしの人生はこれからもっと、悪いほうに向かっていくのだろうか？　明日から一日ごとに日が短くなっていくように、わたしの人生はこれからますます、辛くてひどいものになっていくのだろうか？

わたしは窓に映った自分の顔を見つめ続けた。

その時だった。

その時、ふと……わたしはサクラがオーストラリアの鳥だということを思い出した。

南半球に位置するオーストラリアでは、きょうが冬至なのだ。だとしたら……サクラとわたしにとっては、きょうが冬至の日だったのかもしれない。

そうなのだ。たぶん、きょうがわたしたちの冬至の日だったのだ。

きょうが冬至……ということは、明日からは、少しずつ昼の時間が長くなっていくのだ。冬至のきょうが谷底で、それより下はないのだ。そしていつかきっと、わたしにもまた輝く夏の季節がやって来るのだ。

帰宅したらゆっくりとお風呂に入り、それからお祝いをしよう。こんな日のために買っておいた特別なシャンパンを開け、ショパンのピアノでも聴いて、朝が来るまで『月と六ペンス』を読みながら、ひとりで冬至のお祝いをしよう。

明日からはきっと、少しずつ、いろいろなことがよくなっていくはずだ。きょうが最悪で、これより悪いことは起こらないのだ。

大丈夫。これで冬は乗り越えられる。

タクシーの窓に映る泣き腫らした顔を見つめ、わたしは八重歯を見せて笑った。

ワインの味が変わる夜

その晩も彼は、医院と隣り合った自宅のリビングルームのソファでウィスキーを飲んでいた。すぐ隣のソファでは、妻が白ワインのグラスを傾けていた。

11月半ばとはいえ、外はかなりの寒さだった。けれど、広々としたその家のリビングルームは、いつものように暖かく、快適で過ごしやすかった。

快適？　過ごしやすい？

いや、その空間が快適かどうかは、そこにいる人々の心によって変わるものだ。少なくとも今夜の彼らは、快適だとも、過ごしやすいとも感じていなかった。

今夜に限ったことではない。この2年というもの、リビングルームで過ごすふたりの夜は、夫婦のどちらにとっても、いつも少し気詰まりで、いつも少し息苦しかった。

「早苗《さなえ》……あの……きょうは何をしていたんだい？」

妻の様子を横目でうかがいながら、努めて明るい口調で彼は訊いた。

「何って……別に……いつもと同じよ」

彼のほうに顔を向け、ためらいがちに妻が答えた。「あの……あなたは？」

思い出したかのように妻が彼に質問を返した。

「ああ。そうだな……俺のほうは、いつも以上に忙しかったよ。看護師の北野《きたの》さんと今井《いまい》さんは風邪で休んでるし、受付の山岸《やまぎし》さんは新婚旅行中だし、放射線技師の吉岡《よしおか》さんは不幸があって帰省してるし……みんなてんてこ舞いだよ」

そう言って笑いながら、彼は自分の口調を不自然だと感じた。それはまるで、しらけた場を無理に盛り上げようとする司会者のようだった。

「そう？　大変だったわね」

取ってつけたように妻が微笑んだ。

「うん。大変だった」

彼は妻にぎこちない微笑みを返した。

それっきり夫婦の会話は途絶えた。そして、静かな部屋の中に、テレビから流れる芸人たちの会話だけが、妙に明るく無機質に響き続けた。

彼の名は柊《ひいらぎ》光太郎《こうたろう》。年は53歳。人間ドックの検診を主な業務にしている『ひいらぎ医院』の二代目の医院長だった。

妻の早苗は49歳。ふたりが結婚して、間もなく25年になる。彼らはそのほとんどの晩を、こんなふうに隣り合って酒を飲むことに費やして来た。入浴と食事を終えたあとで、夫婦でゆっくりと酒を飲む──それは彼らの長いあいだの習慣だった。そういう時、かつての彼らはテレビをつけたりはしなかった。ふたりで話すのが楽しくて、テレビなど邪魔なだけだったのだ。

けれど今では、テレビがなければ気詰まりだった。いや、こんなふうにテレビがついていたとしても、気詰まりであることには変わりなかった。

本当はこんな習慣はもうやめてもよかったのだが……どちらもそれをやめようと言い出さないという理由から……あるいは、もし、それをやめたら夫婦の接点がまったくなくなってしまうという恐れから……彼らはその夜ごとの習慣を、苦行のように続けていた。

テレビの音しかしない部屋の中で、氷を浮かべたウィスキーを少しずつ飲みながら、彼はすぐ右側にいる妻の様子をうかがった。そして、この女はこんなにも綺麗だったろうか……と思った。

確かに妻は昔から美しかったし、昔からスタイルもよかった。けれど、最近の彼女は日ごとに若々しく、日ごとに美しくなっているようにさえ感じられた。

来年、妻はいよいよ50歳になる。それにもかかわらず、彼女の顎《あご》の下や二の腕や下腹部には、余計な脂肪がまったくなかった。顔には小皺《こじわ》や染みもなく、少女のようにつるりとしていた。

以前はそんなに熱心ではなかったのに、最近の妻は毎日のようにスポーツクラブに通っていた。エステティックサロンやネイルサロンにも、定期的に通っているようだった。

いったい、どこの誰のために、そんな努力をしているのだろう？　俺の知っているやつだろうか？　それとも、俺の知らない誰かなのだろうか？

いつものように、彼の中に強い嫉妬心が湧き上がって来た。けれど、妻の浮気を責める権利は彼にはなかった。

「なあに？　わたしの顔に何かついてる？」

自分に向けられた視線に気づき、妻が戸惑《とまど》ったように訊いた。「さっきから、わたしのことばかり見てるけど」

「いや……そんなことないよ」

彼もまた、戸惑ったように微笑《ほほえ》みながら答えた。

だが、妻が言ったことは当たっていた。今夜の彼は、妻の様子をしきりにうかがっていたのだから。

やがて、妻が立て続けにあくびをするようになった。彼は視線の隅にそれを感じた。

「わたし、もう寝るわ」

何度目かのあくびのあとで、妻がソファから立ち上がった。

「ああ、そうか。それじゃあ、あの……おやすみ」

妻を見上げて彼は言った。

「ええ。おやすみなさい。あなたも早く寝るといいわよ」

リビングルームを出て行く妻のほっそりとした後ろ姿を、彼はじっと見つめた。今夜はそれほど飲んでいないはずなのに、妻の足取りは少しふらついているように思えた。

ひとり残された彼は、リモコンでテレビを消した。その瞬間、部屋の中を静寂が支配した。通いのお手伝いさんが帰宅してしまった今、その広々とした家の中にいるのは、妻と彼のふたりだけだった。ひとり息子の悠太《ゆうた》は、医大に進学すると同時に家を出ていた。

カーテンを引いた大きな窓の向こうで、庭の木々の葉が擦《す》れ合う音がした。今夜は北風が吹いているらしかった。南風の時には聞こえない電車がレールを鳴らす音が、遠くから微《かす》かに耳に届いた。

ここ湘南《しようなん》地区は温暖な土地として知られている。だが、今年は冬の訪れが早いようだった。いつもなら11月の下旬にならなければ色づかない庭のモミジが、今年は早くも真っ赤に染まっていた。今夜は風が強かったから、明日はせっかくの休日だというのに、庭の落ち葉を掃き集めて一日を過ごすことになりそうだった。

そう。明日は週に一度の彼の休日だった。『ひいらぎ医院』に休診日はなかったが、五人の医師が交替で休みを取っていた。

2階の洗面所で妻が歯を磨《みが》いているのだろう。水の流れる音が聞こえた。続いて、リビングルームの真上にある寝室のドアが開けられる音がし、その床を妻が歩いているらしい音がした。

彼は壁の時計を見上げた。それから、グラスに残っていたウィスキーを飲み干し、新たなウィスキーを注ぐためにボトルに手を伸ばした。けれど、次の瞬間には考え直し、その手を引っ込めた。これからのことを考えると、そんなに飲むわけにはいかなかった。

そう。今夜は特別な晩なのだ。

彼は妻の寝顔を思い浮かべた。妻の肉体から漂うジャコウのようなにおいを思い浮かべた。

心臓がゆっくりと高鳴り始めたのがわかった。

妻が出て行って30分が経過したのを見計らって、柊光太郎はソファから立ち上がった。

心臓の高鳴りはさらに激しくなっていた。いつの間にか掌《てのひら》はじっとりと汗ばんでいた。

リビングルームを出ると、彼は1階の自分の寝室ではなく、2階にあるかつての夫婦の寝室へと向かった。かつて夫婦で何百回も睦《むつ》み合ったその部屋は、今では妻だけのものになっていた。

妻の寝室のドアの前で立ち止まる。金色に輝くノブを見つめる。ノブに手をかけ、それをそっと右にまわす。

だが、ドアは開かなかった。彼を拒絶するかのように、そのドアには今夜も鍵が掛けられていた。

彼はそっと唇を噛んだ。だが、もちろん、それは想定内だった。

ガウンのポケットに汗ばんだ手を入れ、彼はそこから合鍵を取り出した。それは、いつだったか、妻の隙《すき》を見て作ったものだった。

合鍵を鍵穴に差し込む。ゆっくりとまわす。鍵が外れるカチャッという音がし、彼の心臓はいっそう激しく高鳴った。

ちゃんと眠っているだろうか？　ドアの開く音に目を覚ましはしないだろうか？

そんなことを危惧しながら、彼は静かにドアを引き開けた。ほの暗い廊下の床を柔《やわ》らかな光が真っすぐに照らし、部屋の中から柑橘系の香りがふわっと溢《あふ》れ出た。

首だけを室内に入れ、広々とした寝室をのぞき込む。妻の早苗は、部屋の中央に置かれた大きなベッドに仰向《あおむ》けになり、両腕を布団の中に入れて静かな寝息を立てていた。

部屋の内側に体を入れると、彼は後ろ手にゆっくりとドアを閉めた。そして、ベッドに忍び足で歩み寄り、その中央ではなく左側で眠っている妻を見下ろした。

そう。自分がそのクィーンサイズのベッドを独占するようになった今も、かつて彼と一緒に寝ていた頃のように、妻はその左側に身を寄せるようにして眠っていた。きっと長年の習慣から、無意識のうちにそうしているのだろう。

サイドテーブルの上の電気スタンドから放たれたシェード越しの光が、妻の顔の左半分を優しく、柔らかに照らしていた。栗色をした長い髪は顔の左側でひとつにまとめられ、枕の脇で何かの動物の尾のようにつややかに光っていた。大きく開いたナイトドレスの襟《えり》刳《ぐ》りから、浮き上がった鎖骨《さこつ》がのぞいていた。

本を読んでいる途中で、急な睡魔に襲われ、明かりも消さずに眠ってしまったのだろう。電気スタンドの下には読みかけの文庫本が、開いたままの形に伏せられていた。

「早苗……早苗……」

彼は小声で妻の名を呼んだ。「寝てるのかい？　眠ってるのかい？」

その問いかけに、妻は答えなかった。

「早苗……早苗……」

今度は妻の肩に手を置き、呼びかけながら軽く揺すってみた。その肩は少女のように細く、尖って、骨張っていた。

妻が目覚めないことを確かめてから、彼はエアコンの設定温度を上げ、羽織《はお》っていたガウンを脱ぎ捨ててパジャマ姿になった。そして、妻の体に掛けられた羽毛の布団をまくり上げ、かつては夜ごとにそうしていたように、妻の右側にそっと身を横たえた。

ふわふわとした分厚《ぶあつ》い羽毛布団の中には、妻の温《ぬく》もりが満ちていた。

「早苗……寝てるのかい？　眠ってるのかい？」

妻に身を寄せ、さっきと同じ言葉を繰り返す。

夫の問いかけに答えようとでもするかのように、柔らかそうな妻の唇がほんの少し動いた。けれど、妻は瞼を閉じ合わせたままだった。

目を覚まさないことはわかっていた。今までに7〜8回、こんなことを繰り返しているが、これまで妻が途中で目を覚ましたことは一度もなかった。彼がワインに溶かし入れた薬のせいで、妻は深い眠りの底に沈み込んでいるのだ。

この半年ほどのあいだ、たいていは月に一度ほど、彼はこんなことを繰り返していた。

妻のワインに入れた薬は、ちょうど半年ほど前から彼の医院に納入されるようになったもので、効果が高い上に体への負担が少ない画期的なものだった。

そう。その薬が手に入るようになってすぐに、彼はこんなことを思いついたのだ。

それでも、最初の頃は、妻が目を覚ますのではないかとビクビクしていた。けれど、今ではもう、そんなことはなかった。その薬は妻には特によく効くようだった。

何て綺麗で、何て可愛らしい顔をしているんだろう。まるで人形がいるみたいだ。

眠り続ける妻の横顔をまじまじと見つめ、いつものように彼は思った。

「美人は飽きるぞ」

昔、まだ大学病院に勤務していた頃、先輩の医師からそんなことを言われたことがあった。けれど、それは当たっていなかったらしい。もう四半世紀以上も妻の顔を眺めているというのに、『飽きた』という感情を抱《いだ》いたことは一度もなかった。

彼は右手を布団から出し、汗ばんだ人差し指の先で形のいい妻の鼻をなぞった。それから、滑《なめ》らかな妻の額をなぞり、しっとりとした頬をなぞり、半開きになった唇をなぞり、唇の中に指先を入れて、綺麗に揃《そろ》った真っ白な前歯をなぞった。

審美歯科で漂白をしているせいで、妻の歯はどれも不自然なほどに粒が揃っていて、不自然なほどに白く、少し透《す》き通っているように感じられた。

その時、妻が急に布団の中から左手を出し、彼は慌てて妻の唇から手を離した。

妻はその指先で、たった今まで彼が触れていた唇に触れた。長く伸ばした爪には鮮《あざ》やかなマニキュアが施《ほどこ》され、そこに小さな花がいくつも描かれていた。

妻の左手はすぐに動かなくなったけれど、再び布団の中に引っ込められることはなく、顔のすぐ左側の枕の上で緩く握られていた。

彼は首をもたげ、妻の左手を見つめた。ほっそりとした中指と小指には、小さなダイヤモンドをちりばめた指輪が嵌《は》められていた。けれど、かつていつも薬指で光っていた結婚指輪は今はなかった。

あの指輪はどこにあるのだろう？　とうに捨ててしまったのだろうか？

指輪のない妻の左薬指を見つめて、ぼんやりと彼は思った。彼自身の左薬指には、今もプラチナのそれが嵌められていた。

「早苗……いつになったら許してくれるんだい？　それとも、もう一生、許さないつもりなのかい？」

答えるはずのない妻にそう話しかけながら、彼は左腕を妻のほうに伸ばした。そして、かつてはしばしばそうしていたように、その腕を妻の首の下に深く差し込み、腕枕のような形にした。

そう。昔から彼は必ず妻の右側に身を横たえた。それは右利きである彼が、左手で腕枕をしながら、妻の体を右手でいつくしむためだった。

2年前まではしばしばそうしていたように……今でも月に一度くらいは、そうしているように……彼は妻の体に右手を乗せた。そして、ナイトドレスの上から、いとおしむかのように撫《な》でた。

もし目を覚ましていたなら、こんなことは許されなかった。けれど、今は……今だけは、妻は彼の思いのままだった。


のちに妻になる女と彼が出会ったのは、大学病院で働き始めたばかりの頃だった。

その頃、彼が担当していた患者のひとりに、末期の癌《がん》を患った50代後半の男性がいた。担当といっても、実際の担当は彼の上司の医局長で、若い彼はただその手伝いをしていただけだったが。

その患者の最初の病状説明に、患者の妻と娘がやって来た。その席で医局長は、患者の余命を『長くて3カ月』とふたりに告げた。告げたはずだ、と思う。

いや……あの日の医局長の病状説明を、彼はよく覚えていなかった。医局長が説明をしているあいだずっと、彼は患者の娘に心を奪われていたのだ。

患者のひとり娘だというその女は、とても美しく、とてもスタイルがよかった。覚えている限り、それほど美しい女を見たのは初めてのことだった。

医局長の診断を聞いた患者の妻は泣いていた。その娘も目に涙を浮かべていた。

病状説明が終わり、患者の妻と娘はハンカチで目頭を押さえながら部屋を出て行った。そんなふたりを彼は追いかけた。そして、エレベーターの前で追いつき、「困ったことがあったら、何でも相談してください」と言って、自分の名前と電話番号を紙切れに書いて娘に手渡した。

電話をかけて来ることはないだろうな。

彼はそう思っていた。だが、すぐに娘から電話が来た。

娘は父親の病状と今後について、彼にさまざまな質問をした。彼は心臓を高鳴らせながら、その質問にひとつひとつ丁寧に答えた。

きっと心細かったのだろう。その後も娘からはしばしば電話が来た。もう治癒の見込みのない父を、彼女は苦痛の緩和を主目的としたホスピスに転院させたがっていた。

彼は娘の父をホスピスに転院させるために手を尽くした。今でこそ、ホスピスは増え始めているが、当時の日本には、そのような施設は数えるほどしかなかった。それでも彼は諦《あきら》めずに、とある病院のホスピス病棟に娘の父親を転院させるという目的を果たした。

なぜ彼女の父親だけを特別扱いするのだ、という思いはあった。医師にとって、すべての患者は平等なのではないか、と。

けれど、それ以上は考えなかった。彼女の役に立ちたくて、しかたなかったのだ。

娘の父は転院して2週間後に亡くなった。彼はその葬儀《そうぎ》に参列した。葬儀のあとで娘から丁重な礼の手紙が届いた。そこには彼女の自宅の電話番号が記載されていた。

三日にわたって迷ったあとで、彼は娘に電話をした。そして、断られるのは覚悟の上で、「気晴らしに、何かおいしいものでも食べに行きませんか?」と誘った。

娘は少し驚いたような様子だった。けれど、拒みはしなかった。

都内のホテルのレストランに現れた彼女は、美しく着飾り、あでやかに化粧を施していた。その姿は病院で見た時よりさらに魅力的だった。

「柊先生。その節はお世話になりました」

そう言うと、彼女は深々と頭を下げた。

「いいえ。何の力にもなれず、すみませんでした」

赤面しながら、彼は答えた。

洒落《しやれ》たレストランの窓辺の席に向き合って、彼らはゆっくりと食事をし、ゆっくりとワインを飲んだ。そして、患者の娘と医師という関係だった頃とは違う話をした。

亡くなった彼女の父親は真面目だけが取り柄のサラリーマンで、趣味のようなことは何もなかったが、それでも、定年後に夫婦で海外旅行をするのを楽しみにしていたという。彼女はひとりっ子で、銀行の総合職として働いていた。

そんな話をしながら食事をしている女の顔を、彼はまじまじと見つめた。失礼だとは思いながらも、目を逸《そ》らすことができなかったのだ。

食事が終わったあとで、彼は思い切って彼女に、「よかったら、また一緒に食事をしていただけませんか？」と言った。その晩の会話の中で、彼女には特定の恋人がいないらしいとわかったからだった。

「ええ。わたしでよければ……」

彼女は言った。そして、そっと微笑んだ。その微笑みは彼を恍惚《こうこつ》とさせた。覚えている限り、それは彼にとって、人生で最高の夜だった。それ以前もそれ以降も、それほど嬉しかったことはなかった。

四半世紀以上も前のそんなことを懐《なつ》かしく思い出しながら、柊光太郎は薬によって眠らされている妻の体をいとおしむかのように撫で続けた。

やがて彼は、自分たちの体に掛けられていた羽毛布団をまくり上げ、それをベッドの下に落とした。すでに室内は充分に暖まっていたから、布団がなくても寒くはなかった。

妻は丈の長い真っ白なナイトドレスをまとっていた。体に張り付くような夜着の布の向こうに、華奢な体の線があらわになっていた。足の爪では、手とは違う色のペディキュアが光っていた。

「さっ、早苗、体を見せておくれ」

彼は妻がまとったナイトドレスの裾《すそ》に手をかけた。そして、それをゆっくりとまくり上げていった。

まず向こう脛《ずね》があらわになった。それから、膝があらわになり、太腿があらわになった。長く、引き締まった妻の脚には、毛がまったく生《は》えていなかった。

彼はナイトドレスをさらにまくり上げた。すぐにショーツがあらわになった。今夜のそれは純白の、小さくて、セクシーなものだった。半透明のショーツの中に、わずかばかりの性毛が透けて見えた。

彼は奥歯を嚙み締めた。かつてはそんなことはなかったのに、最近の妻はいつも、若い女たちが恋人との特別な夜のために身につけるような扇情的なショーツを穿《は》いていた。

誰に見せるために、こんな下着を身につけているんだろう？　いったい、どんなやつなんだろう？

そんなことを考えながら、彼は妻の尻の下に手を入れた。そして、小さな尻を持ち上げるようにして、さらにナイトドレスをまくり上げた。飛び出した腰骨があらわになり、細長い臍《へそ》があらわになり、小さな乳房があらわになった。

あっ。

彼はさらに強く奥歯を嚙み締めた。左乳房の上の部分に、赤いアザがあったのだ。

妻の乳房にそんなアザを目にするのは、これが初めてではなかった。今までにも二度ほど、こうして薬で眠らせた妻を裸にした時にそれを見つけたことがあった。

畜生っ……いったい、誰なんだ？

左乳房の赤いアザを指先でなぞりながら、彼は一段と強く奥歯を嚙み締めた。

「ううん……」

妻の口から小さな声が漏れた。けれど、目を覚ましはしなかった。

わずかに汗ばんだ妻の体からは、柑橘系の香水に交じって、ジャコウのようなほのかなにおいがした。それは、四半世紀以上にわたって嗅ぎ慣れた妻のにおいだった。

妻が衣類をまとっている時には、どれほど注意していても、そのジャコウのにおいには気づかない。それほどそれは微かなものだった。けれど、ベッドで裸になり、体を合わせた時には、彼はいつも妻から漂《ただよ》うそのにおいを感じていた。

かつては彼だけが、その官能的なにおいに気づいていたのだ。彼だけがそれを嗅ぐ権利を独占していたのだ。けれど、今は……。

その男は俺より若いのだろうか？　俺より金持ちなのだろうか？

彼は妻の左乳房のアザを、しばらくのあいだじっと見つめていた。それから、骨張った妻の上半身を抱き起こし、バンザイをさせるようにして裸にし、小さなショーツだけの姿になった妻を再びベッドに仰向けに横たえた。

ほっそりとした長い首、小さいけれど張り詰めた乳房、脇腹に浮き上がった肋骨《ろっこつ》、体の両脇に投げ出された骨張った腕、えぐれるほどに凹《へこ》んだ腹部、どこに内臓が入っているのだろうと思うほどにくびれたウェスト、筋肉質で長い脚、サラブレッドのような足首……引き締まった妻の体には競泳用の水着の跡がうっすらと残っていた。

「俺のものだったのに……俺だけのものだったのに……」

喘ぐように彼は言った。そして、抑えようとしても抑え切れない、猛烈な嫉妬心に身を焦がした。

出会ってから約1年後、彼女の父親の一回忌を済ませたあとで、彼らは結婚をした。すぐに息子が生まれた。それを機に妻は銀行を辞めて家庭に入った。

華やかな外見とは裏腹に、妻は家庭的な女だった。子育てで忙しかったにもかかわらず、毎晩の食卓にはテーブルに載り切らないほどの手料理の数々が並んだ。家の中はどこも掃除が行き届いていたし、彼のワイシャツには新品なのではと思うほどきちんとアイロンがかけられていた。

今とは違い、当時の彼にはお手伝いさんを雇う金銭的な余裕がなかった。だが、たったひとりで家事にいそしんでいたというのに、妻には所帯臭くなるということがなかった。家の中にいる時でさえ、妻は外出する時と同じように着飾り、たくさんのアクセサリーを身につけ、美しく化粧を施していた。自分を美しくするだけでなく、彼女は家の中を美しく、過ごしやすくすることにも熱心だった。お陰で彼は1年中、豪華なホテルに滞在しているような気分を味わうことができた。

妻と彼の共通の趣味はアルコールだった。彼らは食事の時にも酒を飲んだが、食後にもリビングルームに移動してさらに酒を飲んだ。そして、夢中になって一日の出来事を報告し合い、その後は寝室のベッドで濃厚に愛し合った。

子供が生まれてからも、彼は毎夜のように妻の肉体を求めた。妻はいつも、恥じらいながらもそれに応じた。

そう。結婚して何年が過ぎても、行為の時には、彼女は処女だった最初の時のように恥じらった。そのお陰で、何年たっても、彼は『飽きる』という感覚を覚えなかったのかもしれない。

結婚の数年後に彼の父が死んだ。それを機に彼は父の医院を継いだ。本当は大学病院に残りたかったのだが、母のたっての願いを聞き入れたのだ。

大学病院の勤務医から町医者への転身には、戸惑うことが多かった。医療現場の最前線で戦っている、かつての先輩や同僚たちが羨ましくもあった。医院を閉鎖し、大学病院に戻ろうかと思ったことも、一度や二度ではなかった。それを乗り越えて来られたのは、妻の存在があったからこそだった。

「わたしはいつだってあなたの味方よ。だから、好きなようにしたらいいわ」

優しい眼差しで彼を見つめ、妻はいつもそう言った。そんな妻の後ろ盾を得て、彼はがむしゃらに働いた。

彼は銀行に借金をし、最新の医療機器の数々を導入し、人間ドックの検診を始めた。自分で企業や健康保険組合をまわって営業活動に精を出した。人間ドックの検診を業務の柱にできれば、医院の経営基盤が安定すると考えたのだ。

大学病院に勤務していた時は名誉が欲しかった。だが、町医者になってからの彼は、名誉に代わる何かの『ご褒美』が欲しいと思うようになっていた。その『ご褒美』は金以外には考えられなかった。

彼の経営戦略は成功した。彼は医院の増築を繰り返し、医師の数も徐々に増やした。それに伴い、看護師や看護助手、検査技師、受付事務員などのスタッフも増員した。

経営規模が拡大するに従って、彼の懐《ふところ》も潤った。特にここ数年は、大学病院の勤務医だった頃とは桁《けた》の違う大金が転がり込んで来るようになっていた。

こんなにも幸せでいいのだろうか？　ひとりの人間に与えられる幸福には限りがあるというから、もしかしたら、この幸福はいつか尽きてしまうのではないだろうか？

そんな心配をするほどに、彼の人生は順風満帆だった。

ああっ、あの頃に戻ることができたなら……。

目の前に横たわる妻の裸体を見つめ、柊光太郎はしみじみと思った。それから、着ているものを脱ぎ捨てて全裸になった。短距離走の直後のように、心臓が猛烈に高鳴っていた。掌は噴き出した汗で濡れたようになっていた。

裸になると、彼は再び妻の右側に身を横たえた。そして、柔らかな光に照らされた妻の右の乳首に唇を寄せ、それを口に含んだ。右手では赤いアザの残る左の乳房を揉《も》みしだき、乳首を指に挟んでもてあそんだ。小さな乳房の割に、妻の乳首は大きかった。

今では俺以外の誰かが、こうしてこれを吸っているのだ。たぶん、こうして嚙んだりもしているのだ。

嫉妬心に身を焦がし続けながら、彼は前歯で妻の乳首を軽く嚙んだ。

「あっ……」

眠っているはずの妻の口から微かな声が漏れた。同時に、ほっそりとした体がわずかに震え、骨張った腰が微かに浮き上がった。

彼は再び、今度は少し強く乳首を嚙んだ。

「いやっ……」

妻の口から再び声が漏れ、体が震え、腰が浮き上がった。

乳首からいったん口を離し、彼は妻の顔を見つめた。美しく整った妻の顔には悩ましげな表情が浮かんでいた。薄い瞼の向こうで、眼球がせわしなく動いているのが見えた。

淫靡《いんび》な夢でも見ているのだろうか？　その夢の中の相手は誰なのだろう？

妻の乳房への愛撫《あいぶ》を、彼は執拗に続けた。そこは彼女の性感帯のひとつで、かつての妻はこんなふうに、乳房への執拗な愛撫を求めたものだった。そして今では、ほかの男が、それを執拗に愛撫し、妻の口から漏れる淫らな声を聞いているに違いなかった。

畜生っ……誰なんだ？……畜生っ……畜生っ……。

彼の股間では男性器が、痛いほどに硬直していた。どういうわけか、眠っている妻をこうして嫉妬に胸を焦がしながら愛撫している時、かつて目覚めている妻に対していた時以上に彼は高ぶった。

「あんなことをして済まなかった……早苗……許してくれ……早苗……」

彼は妻の耳元で囁《ささや》いた。そして、嫉妬心に苦しみながらも、かつての過ちを悔いた。


かつての過ち──あれは今から3年前、彼が50歳の時のことだった。

女の名は鈴木由香理《すずきゆかり》といった。彼女は製薬会社の前任者が後任の担当として連れて来た営業部員で、年は彼よりちょうど20歳下だった。

彼への女の言葉遣《づか》いは丁寧で、礼儀正しかった。けれど、その女は何となく安っぽくて、何となくしたたかそうで、何となく蓮っ葉で、何となく下品で……どこか、擦れっ枯らしみたいな印象を受けた。肌の色がとても白く、不健康に痩せていて、日本人形のようなさつぱりとした顔をしていた。

「柊先生、これからよろしくお願い致します」

別れ際に、女は彼に向かって深々と頭を下げた。明るい色に染めた長い髪が、ほっそりとした女の両肩からサラサラと流れた。

「こちらこそ、よろしくお願いします」

そう答えて微笑みながら、彼は顔を上げた女の切れ長の目を見つめた。そして、その瞬間、ときめいた。

なぜ？

はっきりとした理由はわからなかった。女の姿形は、それまで彼が好きになった女たちのタイプとはまったく違っていた。それまでの彼は、フランス人形みたいな派手な顔立ちの女が好きだったのだ。

それにもかかわらず、彼は鈴木由香理に恋をしてしまった。そして、どうしても彼女を自分のものにしたくてたまらなくなってしまった。結婚してから、ほかの女に対してそんな感情を抱いたのは初めてのことだった。

たいした用事もないのに、彼は鈴木由香理をしばしば医院長室に呼び付けた。やがて一緒に食事をするようになり、会合に同行させるようになり、ついには肉体関係を持つようになった。

妻と同じように、その女も乳房が小さく、ほっそりとした体つきをしていた。だが、似ているのはそれだけで、ほかのところは正反対といってもいいほどだった。それにもかかわらず……いや、だからこそ……彼はその女に夢中になった。

女は無口で、たいていはツンと澄ましていて、めったに笑ったりしなかった。だが、性行為の時には激しく乱れた。その対比が彼の欲望を煽《あお》った。

「あっ、いいっ！……すごいっ！……すごく感じるっ！……ああっ！……もっと、突いてっ！……ああっ、もっとっ！……もっと深く入れてっ！」

ほっそりとした体を彼の下で激しく悶えさせ、女は息を喘《あえ》がせて繰り返した。そのはしたない言葉が彼には新鮮に聞こえた。

妻が性交の時に、そういう言葉を口にすることはなかった。

たとえは悪いけど、早苗は一流レストランのフルコースみたいなもので、由香理はファストフードみたいなものなんだろうな。フルコースは確かにおいしいけど、毎日じゃ飽きる。たまにはハンバーガーやフライドチキンも口にしたくなるものなんだ。

自分自身の心理を、彼はそんなふうに分析したりもした。

やがて、彼は女を恋人と別れさせ、彼女のためにマンションの一室を購入した。そして、出張だ、会合だ、同窓会だ、製薬会社の接待だ、海外研修だと、何かと言い訳を作っては、その部屋に通うようになった。

愛人との関係を気づかれることがないようにと、彼は妻ともしばしば性交渉をもった。だが、それは苦痛ではなかった。それどころか、そういう時には、以前にもまして心が高ぶるのが常だった。

彼の思惑どおり、妻の早苗は愛人の存在にはまったく気づいていないようだった。彼女はもともと、人を疑うような女ではなかった。

眠り続けている妻の股間に、彼は指を伸ばした。ショーツのその部分の布は、内側から染み出した体液でしっとりと湿っていた。

「早苗……好きだよ……早苗だけが好きだよ」

妻の耳元で執拗に囁き続けながら、彼は腕枕をした左手で妻の左の乳房を向こう側から愛撫し、右手では薄いショーツの上から女性器を愛撫した。唇では断続的に右の乳首を貪《むさぼ》った。妻の股間で彼が指を動かすたびに、口や指で乳首や乳房を愛撫するたびに、ショーツの布の向こうから新たな体液が滲み出るのが感じられた。

彼は妻の唇を見つめた。かつては挿入の前に、彼はしばしばその口に男性器を含ませたものだった。

「いやよ……いやっ……」

妻はいつもそう言って拒んだ。けれど、結局は、それを口に含むことになった。

そんな時いつも、彼は妻の髪を持ち上げ、その横顔をまじまじと見つめた。

悩ましげに顔を歪《ゆが》め、しっかりと瞼を閉じ、頬を凹ませ、男性器を口に含んだ妻の顔は、体が震えるほどに官能的だった。妻が顔を打ち振るたびに、唾液に濡れた男性器が、いっぱいに開かれた口から出たり入ったりしているのが見えた。

最初の頃、妻のそれはぎこちないものだった。けれど、年月が経つごとに上達し、巧《たく》みになっていった。そのあまりの巧みさに、彼はしばしば妻の口の中に体液を放出した。

そういう時いつも、彼は妻にそれを飲み下すように命じた。妻は嫌々をするかのように首を振ったが、逆らうことはなかった。妻の喉が鳴る『こくん』という音を耳にするたびに、彼は強い征服感に身を震わせたものだった。

けれど今では、妻にそれをさせることはできなかった。おそらく、これからも永久にできないだろう。

だが、今も妻にそれをさせている男がいるのだ。

その想像は彼の嫉妬心をさらに激しく掻《か》き立てた。そして、不思議なことに、その嫉妬心が彼の性器を一段と硬直させた。


突如として始まった恋の終わりは、突如として訪れた。

ある晩秋の夜のことだった。その晩、レストランでの食事のあとで、彼は愛人にねだられて銀座の宝石店に行った。彼より20歳下の愛人は、初老の女性店員にあれこれと難しい注文をつけながら、大粒のダイヤモンドのペンダントを選んでいた。

彼の脇には、大きな鏡が置かれていた。その鏡に彼はふと目をやった。

その時だった――。

その時、鏡に映った自分の姿を眺めながら、『あれっ、この男は誰なんだろう?』と、彼は急に思った。

鏡の中にいるのは、くたびれて、色褪《あ》せた、中年男だった。もし、彼が女だとしたら、絶対に好きにはならないような、ごくありふれた中年男だった。

彼は愛人の恋人だった男のことを思い浮かべた。たった一度、物陰からちらりと見ただけだったが、鈴木由香理のかつての恋人は、すらりと背が高く、ハンサムで、若々しくて、優しそうだった。その鏡に映っている中年男と比べれば、男性としてどちらが魅力的かは誰が見ても明らかだった。

由香理はいったい、俺のどこがよくて一緒にいるんだろう？

彼は思った。

その答えはすぐにわかった。そして、その瞬間——彼は理性を取り戻した。

そう。彼の愛人は、彼を愛しているわけではなく、彼の金と地位を愛しているだけだった。若くてハンサムな恋人と別れ、彼の愛人になったのも、それが目的だった。そう思っていなかったのは彼だけで、誰が見ても一目瞭然のはずだった。

理性は恋の大敵だった。すべての恋は、理性を取り戻した瞬間に終わるものなのだ。

バカなやつだな、お前は。

鏡の中の中年男を見つめ、他人のことのように彼はそう思った。そして、それが短い恋の終わりだった。出会ってから、わずか1年後、今からちょうど2年前のことだった。

早苗の元に帰ろう。

彼は決意し、鈴木由香理に別れ話を切り出した。

君が住んでるマンションはあげる。相応の慰謝料も払う。だから、別れて欲しい。

けれど、彼と結婚したがっていた女は、その提案を受け入れなかった。そして、あろうことか、妻にふたりの関係を暴露したのだ。

妻は激怒した。そして、彼と別れると言った。

妻はおとなしく、淑《しと》やかな女ではあったが、とても頑固でもあった。

そんな妻に彼は土下座して許しを乞《こ》うた。そして、自分と一緒にいて欲しいと、泣きながら哀願した。

長時間にわたる説得の末に、妻は離婚を思い止《とど》まってくれた。

「そんなに言うなら、この家にいてあげる。でも、これからは寝室は別よ。もちろん、あなたに抱かれることは、二度とないわ」

怒りに顔を震わせて妻は言った。

彼女の左薬指から指輪が消えたのは、その直後のことだった。


「あっ……」

彼が指を動かすたびに、眠り続けている妻の口から微かな声が漏れた。そして、そのたびに、妻の皮膚から立ちのぼるジャコウのようなにおいも、一段と強くなっていた。

そう。性的に高ぶれば高ぶるほど、そのにおいは強さを増すのが常だった。

彼はベッドの下に腕を伸ばし、床に脱ぎ捨てられていた自分のガウンを探り、そのポケットからゴム製の避妊具を取り出した。体の中に彼の体液が残っていると、妻が翌朝に気づいてしまうはずだったから、こんな時には彼はいつも避妊具を付けていた。

避妊具の装着を済ますと、彼は妻の下半身に張り付いていた小さなショーツを、皮膚を剝《は》がすかのようにして脱がせた。そして、柔らかな性毛や、濡れて光る女性器をしばらく見つめたあとで、妻に体を重ね合わせた。

「ああっ……」

妻の口から、かつてのような声が漏れた。

その瞬間、なぜか柊光太郎は、新婚旅行先の南の島のホテルで、妻と交《まじ》わった時のことを思い浮かべた。ずっと思い出したことのなかったそれを、なぜか急に思い出した。

「ああっ……」

夫が挿入して来た瞬間、柊早苗は思わず声を漏らした。そして、もっと淫らな声を上げたいという思いを必死になって抑えた。

そう。彼女は眠っていたわけではなかった。いつものように、眠ったフリをしていただけだった。

今から半年ほど前、こんなふうに夫が夜這いをして来た最初の晩、彼女は本当に眠っていた。だから、体を這う手の感触に目覚め、すぐ隣で夫が自分の体をまさぐっているのに気づいて、ものすごくびっくりした。

驚くのは当たり前のことだ。けれど、あの晩でさえ、彼女は眠ったフリを続けていた。なぜか、夫にそうさせてもいいと思ったのだ。

今夜また、夫が彼女のワインに薬を入れたのも知っていた。味が変わるから、気をつけていればすぐにわかるのだ。

だから、夫のために、特別にセクシーなショーツを選んで身につけたのだ。だから、ベッドの右側を空けておいたのだ。だから、夫が自分の裸体をよく見ることができるように、電気スタンドの明かりを灯《とも》したままにしておいたのだ。そして、だから……今夜も自分で左の乳房に唇を押し付け、赤いアザを残しておいたのだ。

そのアザは夫への仕返しのつもりだった。おそらく今、夫は、強い嫉妬心に身を焦がしているに違いなかった。夫が彼女にしたことを思えば、彼がそのくらい苦しむのは当然のことだった。

すぐに彼女の上で、夫が動き始めた。それはかつてのように、少しせっかちで、少し乱暴な動きだった。

硬直した男性器が肉体を深々と貫き、子宮を強く突き上げるたびに、彼女は漏れそうになる声を必死で抑えた。かつてまだ幼い息子が、夫婦のベッドのすぐ脇で眠っていた頃のように……。

「早苗……早苗……」

耳元で夫が繰り返し彼女の名を呼んだ。

その呼びかけに応えたいという欲求を、彼女は必死に抑えた。そして、思った。

この人は愛人にも、こんなふうにせっかちに、乱暴にしたのだろうか、と。


夫の愛人だという女が訪ねて来た時は驚いた。それはまさに青天の霹靂《へきれき》だった。

だが、それ以上に驚いたのは、製薬会社の営業部員だったその愛人が、安っぽくて、蓮っ葉で、下品な感じの、たいして美しくもない女だったということだった。

もしその女が自分より綺麗だったら、夫の裏切りはまだ許せたかもしれない。夫は昔から面食いだったから。

けれど、その愛人が彼女より優れているのは、ただ彼女より若いということだけのように思われた。そして、そのことは、彼女に対する何よりの侮辱に感じられた。

否応なく積み重ねられる年齢に抗《あらが》うかのように、彼女は死に物狂いの努力を続けていた。その必死の努力を、夫にあざ笑われたような……そんな気分になったのだ。

夫が泣いて許しを乞うたから、離婚は思い止まった。だが、その晩から夫と寝室を別にした。

けれど……自分で望んだことだったにもかかわらず……夫との性交渉がなくなったことを、いつしか彼女は寂しいと感じるようになっていた。

彼女はそういうことを『はしたない』と考えるような女だったから、自分からその行為を求めたことは数えるほどしかなかった。だが、その行為自体が嫌いだというわけではなかった。かつての彼女は、夫が体を擦り寄せて来るたびに、快楽への期待に胸を高鳴らせたものだった。

だから今……彼女はワインの味が変わる夜を待ち侘びていた。たいていそれは月に一度、夫の休日の前夜だった。

今度はいつなんだろう？　今度はいつ、夫はわたしのワインに薬を入れるのだろう？

夫の休日の前夜、ワインを口にするたびに彼女は胸を高鳴らせた。そして、ワインが苦く感じられればさらに胸を高鳴らせ、そうでなければ少しがっかりした気分になった。

夫がワインに薬を入れる気になるように……そして、自分に恋人がいるのではないかと夫が嫉妬するように……最近の彼女は以前にも増して、美しくなるための努力をしていたし、以前にも増してそのことに金をかけていた。

ワインの味が変わる夜を、彼女は待ち侘びていた。だが、そのワインは夫の目を盗んで、こっそりと捨てていた。それは彼女自身がこの行為を楽しむためでもあった。

彼女の上の夫が動くのをやめた。

あれっ、もう終わっちゃったの？

少し物足りない気分で彼女は思った。

けれど、そうではなかった。次の瞬間、夫は彼女の中から男性器を引き抜き、仰向けになっていた彼女の体を乱暴に俯《うつぶ》せに変えた。そして、今度は彼女の背に身を重ね、背後から深々と挿入して来た。

「あっ……いっ……」

彼女はまた声を漏らした。強い刺激が肉体を一直線に貫き、声を抑えようとしても、どうしてもできなかった。

彼女は奥歯を嚙み締め、シーツに長い爪を立てた。そして、急に新婚旅行の夜のことを思い出した。もう何年も思い出したことのなかったそれを、なぜか急に思い出した。

あれは……南の島に行って何日目の夜のことだったのだろう？　すでに彼女の体にはビキニの水着の跡が白くくっきりと残っていたような気がするから、旅もいよいよ終わりに近づいていた頃だったのかもしれない。

あの晩、彼女は、周りに白いレースのカーテンが垂れ下がった大きな天蓋《てんがい》付きのベッドに俯せになり、日本から持って来たファッション誌を眺めていた。新婚旅行中の夜は夫のために、彼女はいつも極端に丈の短い透き通ったナイトドレスをまとい、その下にはいつも、セクシーな下着をつけていた。だから、きっとあの晩も、彼女はそんな扇情的なファッションでいたのだろう。

その姿にそそられたのだろうか？　雑誌を眺めていた彼女の背中に、夫が急にのしかかって来た。そして、彼女からショーツを剝ぎ取り、背後から無理やり挿入して来た。

それまでにも背後から犯されたことはあったし、それから後も何度もあった。だが、彼女があの時のことを覚えているのは、その性交によって息子を授かったからだった。

いや……はっきりとしたことはわからない。新婚旅行で子供ができたのは間違いないにしても、あの頃は一日に何度も体を重ね合っていたから、そのどれが命中したのかは定かではない。それでも……彼女は、あの晩のそれがそうだったと確信していた。そう。あの晩、彼女はそれまでに感じたことがないほど強いエクスタシーに身を震わせたのだ。夫と身も心もひとつになったと、初めて感じたのだ。そして、その瞬間、自分の中に新しい生命が誕生したと確信したのだ。

夫は彼女の背中の上で激しく動き続けていた。耳元では絶えず、「早苗、好きだ……早苗、許してくれ……」と囁き続けていた。

肉体を男性器が深々と貫くたびに、彼女は苦しげに息を乱した。けれど、それ以上の声を上げることはなかった。それでも、もう何年も感じたことがなかったほどの強い快楽を、その晩の彼女は覚えていた。

やがて……夫が背中で身を震わせた。それから、ぐったりと動かなくなった。

その後も夫はしばらく彼女の背中に乗ったまま、彼女の頭を背後から撫でていた。

「ああっ、早苗……早苗……」

夫の湿った息が耳をくすぐるのがわかった。

しばらくして、夫は彼女から下りた。そして、彼女を抱き起こし、その股間をティッシユペーパーで優しく拭《ぬぐ》い、床に落ちていたショーツとナイトドレスをまとわせ、ベッドに仰向けに横たえ、彼女の体の上にそっと布団を掛けた。

彼女を元通りにすると、夫はエアコンの設定温度を元に戻し、衣類をまとった。それらの音が聞こえた。

「おやすみ。早苗」

夫の声がした。ドアが開く音がし、閉められる音がし、それが施錠される音がした。

彼女は再び目を開いた。そして、柔らかな光に照らされた天井を見つめた。

風に吹かれた庭の木々が、枯れた葉を擦り合わせている音がした。階段を下りて行く夫の足音も聞こえた。

いったいいつまで、こんなことが続くのだろう？

今はもう、夫のことは許していた。あれは一時の気の迷いだったのだ、と。

昔のように、情熱的に愛し合いたいと思うこともあった。お互いの名を呼び合いながら、思う存分に乱れてみたいと思うこともあった。けれど、彼女のほうから求めることはできなかった。そんなことはプライドが許さなかった。

わたしが狸寝入《たぬきねい》りをしていることに、あの人は気づいているのだろうか？　とうに気づいていて、それでも気づかぬフリをしているのだろうか？

訊いてみたかったが、それもできなかった。

不思議だった。夫は彼女を求めていた。彼女もまた、彼を求めていた。それにもかかわらず、ふたりはこんな不自然な形でしか愛し合うことができないのだ。

まあ、いいや……世の中に一組ぐらい、こんな夫婦がいてもいいや……。

そう思うことにして、彼女は目を閉じた。階下から夫の寝室のドアが開けられる音が聞こえた。

それにしても、妻に盛る薬の量も加減できないなんて……。

目を閉じたまま、彼女はさらに思った。あのワインを捨てずにすべて飲んでいた頃も、夫がベッドに入って来れば、彼女はすぐに目を覚ますのが常だった。

あの人、医者として大丈夫なのかしら？

柊早苗は口元だけで微笑んだ。

やがて、遠くのほうからゆっくりと、優しい眠りが歩み寄って来るのがわかった。

拾った女

12月も終わりに近づいた寒い晩——このくだらない人生を終えてしまうために分け入った樹海の奥で、僕は彼女に出会った。

そう。彼女は誰もいない夜の樹海に横たわっていた。長い髪をクジャクのように頭の周りに広げ、鬱蒼《うつそう》と生い茂ったクマザサの葉を両腕で抱くようにして、ひっそりと俯《うつぶ》せになっていた。

そんな時、普通の人は驚いて飛び上がるのだろうか？　あるいは息を飲むのだろうか？　けれど、僕は普通ではないから、そのどちらもしなかった。ただ、ぼんやりと、俯せになった女の人の背中を見つめただけだった。

辺りを見まわす。もちろん、人の気配があるはずがない。見渡す限りどこまでも、静まり返った夜の森が続いている。上空には冷たい月が煌々《こうこう》と光り、落ち葉の堆積《たいせき》した地面に、葉を落とした木々の影をくっきりと刻み付けている。風がないために、枝の触れ合う音さえしない。

「あのう……」

しばらく女の人の背中を見つめていたあとで、僕は声をかけてみた。音のない夜の森に、その声は異様なまでに大きく響いた。

女の人は——返事をしなかった。聞こえるのは僕自身の息遣いばかりだった。

足元には何十年にもわたって堆積した落ち葉が、柔らかなクッションを作っていた。その弾力のある落ち葉のクッションを踏み締めて、僕は女の人に近づいた。

「あのう……どうなさいました？」

クマザサの茂みに沈むように横たわった女の人の背に、僕はもう一度声をかけた。

だがやはり、女の人は返事をしなかった。ほんの少しの身動きさえしなかった。

寒かった。呼吸をするたびに白い息が、煙草《たばこ》の煙のように顔の周りに広がった。足裏から這い上がる冷気が爪先を氷のように冷やした。

僕は腰を屈《かが》めると、白いブラウスに包まれた女の人の背にそっと手を伸ばした。指先がツルリとしたサテンの生地に触れる。薄っぺらな布の向こうに、滑《なめ》らかに張り詰めた皮膚が感じられる。

その瞬間、僕は理解した。

——女の人は死んでいた。

女の人は死んでいた。指先に触れた女の人の背は——少し前に死んだ僕の母と同じように——命をもっているもののそれではなかった。

僕はそっと手を引っ込めた。

出した時と同じように、僕はそっと手を引っ込めた。

そっと唇をなめ、また辺りを見まわす。

僕は震えていた。けれど、怖がっていたわけではない。ただ、ひどく寒かっただけだ。死のうとしている僕に、怖いものがあるはずがなかった。

女の人に視線を戻す。俯せになっているので顔は見えない。痩せていて、肩が細く、尻が小さい。真っすぐな長い髪が、頭部の周りに美しく広がっている。こんなに寒い冬の晩だというのに、ぴったりとしたジーパンと、白くペラペラしたサテンのブラウスをまとっているだけだ。足には踵《かかと》の高い華奢《きやしや》なサンダルを履いている。

こんなに踵の高いサンダルで、いったいどうやってこの樹海を歩いて来たんだろう？　よろめき、フラつきながら、たったひとりでここまで歩いて来た女の人の姿を、僕はぼんやりと思い浮かべた。

もう一度、手を伸ばし、頼りないくらいにほっそりとした女の人の首に触れてみる。すべてのものが冷えきった冬の森の中で、その首はまだほんのりと温かかった。

12月も終わりに近づいた寒い晩——この無意味な人生を終わらせてしまうために分け入った樹海の奥で、僕は彼女に出会った。

女の人の死体は人間のようには見えなかった。打ち捨てられたマネキン人形。あるいは、女を象《かたど》った石膏像《せっこうぞう》。そんなふうに見えた。

どうしよう？

僕はダウンジャケットのポケットに手を入れた。そこには、今夜、ここで服用するための致死量の薬があった。

冷たい空気を胸いっぱいに吸い込む。頭上を見上げる。複雑に重なり合った樹の枝のあいだでは無数の星が瞬《またた》いている。その脇には少し欠けた月が、冷たい光を眩《まぶ》しいほど強く投げかけている。寝ぼけた鳥の甲高《かんだか》い鳴き声が、音のない樹海に一際大きく響き渡る。

しばらく星を見上げていたあとで、僕はまた、クマザサの茂みに横たわった女の人の、細く頼りなげな死体に目をやった。

この女の人も自殺したのだろうか？

そう。富士の裾野に広がるこの樹海は、自殺の名所として知られていた。毎年のように行われる捜索では、この広大な森のあちこちで自殺と思われる人々の死体がいくつも発見されていた。

いったい、どんな女の人なんだろう？

しばらく死体を見つめていたあとで、僕は再びそれに手を伸ばした。力をなくし、グニャグニャとした女の人の体をゴロリと転がして仰向《あおむ》けにした。長い髪がサラサラと流れ、昼の木漏《こも》れ日のような月明かりが死体の顔を白く照らし出した。

「あっ」

瞬間、僕はときめいた。

ときめく。そう。「ときめく」という感情を、その瞬間、僕は初めて知った。

月明かりに照らし出された女の人の顔は、とても美しかった。もしそれが開かれたなら驚くほど大きいだろうと思われる目を軽く閉じ、口をわずかに開けていた。ふっくらとした唇のあいだから、白く小さな前歯がのぞいていた。

前髪のかかった広い額。三日月型の細い眉《まゆ》。ふっくらした頬。尖《とが》った顎《あご》。真っすぐで形のいい鼻。睫毛《まつげ》がとても長い。今すぐにでも目を開けて、微笑《ほほえ》みかけてきそうだった。

だが女の人は死んでいた。その動かしがたい事実が、僕の心臓を猛烈に高鳴らせた。

『お前なんか死んでしまえばいいんだ』

『お前みたいなやつに生きる値打ちなんてないんだ』

昔、中学の教師が僕に言った。

僕は、そのとおりだと思った。


どれくらいのあいだ女の人の脇にしゃがみ込んでその顔を見つめていたのかは、わからない。足がピリピリと痺《しび》れてきた頃、僕は心臓を高鳴らせながら——女の人の死体の上に身を乗り出し、左手を首の後ろに差し込んだ。右手を女の人の膝の下にそっとまわす。そしてそのまま、静かに抱き上げる。心臓がさらに激しく、息苦しいほどに高鳴る。

女の人を抱き上げるのは、生まれてから初めてだった。

瞬間、女の人の頭部ががっくりと後ろに反《そ》り返り、長い髪が馬の尾のようになびいた。月の光が、細い喉《のど》を白く照らした。

死んだ人間の体は硬くなるものだと聞いていた。だが、女の人の死体は柔らかかった。とても柔らかく、とてもしなやかで、とても軽かった。

命をなくしてからそれほど時間が経っていないのかもしれない。辺りの空気は恐ろしいほどに冷たいというのに、女の人の死体は僕のダウンジャケットの向こうからほのかな体温を伝えてきた。

不思議な気がした。僕もここで死体になるはずだったのだ。明日の朝にはこの女の人と同じような死体となって、この広大な森のどこかに横たわっているはずだったのだ。

女の人の死体を横抱きにし、分厚い落ち葉のクッションを踏み締めて、僕は森の外れに停めた車に向かった。僕が足を運ぶたびに、垂れ下がった女の人の両腕がブランブランと、時計の振り子のように揺れた。

女の人の体はとても軽かった。だが、樹海の中には道らしい道がないので、足元を確かめながら、そろりそろりと歩かなくてはならなかった。大蛇のように絡み合った樹の根をまたぎ、朽ちて苔《こけ》むした倒木を乗り越え、折り重なるように繁茂《はんも》した灌木《かんぼく》を掻《か》き分け、僕は慎重に歩き続けた。

自分の車に到着すると、助手席に女の人の死体を座らせ、シートベルトでしっかりと固定した。女の人はヘッドレストにがっくりと首をあずけたけれど、それはただ眠っているだけのようにも見えた。

運転席に座り、エンジンをかけ、両手を擦《こす》り合わせる。エアコンから噴き出し始めた暖気が、冷えきった車内を少しずつ暖めていく。狭い車内には死体が付けているらしい香水の香りがたちまち充満する。白いユリの花を思わせるような甘い香り。

12月も終わりに近づいた寒い晩——このバカバカしい人生を終えてしまうために分け入った樹海の奥で——そんなふうにして、僕は彼女に出会った。

自殺を中止したわけではない。ただ、それを延期することにしただけだ。

15歳で高校を中退し、自分の部屋に引きこもるようになって15年——僕が死ぬことを考えない日は一日としてなかった。

父は僕が18歳になる前に死んでしまったから、残された母には随分と心配をかけた。母のために何とかしようと、もがいたり、頑張ったりした時期もあった。車の免許を取ったり、引きこもりの人たちの援助セミナーに顔を出したり、カウンセリングを受けてみたりしたこともあった。

けれど、やはりダメだった。僕は死ぬことを考えた。25歳を過ぎてからは、一日中、死ぬことだけを考え続けていた。それでも死ななかったのは、母のためだった。僕は母をこれ以上、悲しがらせたくなかった。

僕は死なず、ただ自室で、壁や天井を見つめ続けた。テレビも見なかったし、本も読まなかった。音楽も聴かなかった。

「おはよう」「いただきます」「ありがとう」「ごちそうさま」「おやすみなさい」

母と必要最低限の会話を交わす以外は、声を出すこともなかった。

僕は死人のように15年を生きた。

母が小さな容器の中で何年も飼い続けていたベタという熱帯の魚のように、15年間、狭い自室の中で、ただ食事をし、ただ壁や天井を見つめ、そしてただ眠った。

少し前、その母も死に、僕が生き続ける理由はどこにもなくなった。僕は今夜、意味のない人生を終わらせることに決め、致死量の薬を持って樹海に向かった。

そして、そこで彼女に出会った。


——なぜ、学校に行かない？

親や教師やカウンセラーの人には、何度も同じ質問をされた。当時の僕は、「人間が怖い」と答えた。

人間が怖い——だが、それは間違っていた。今夜、僕は初めて気づいた。

そう。人間が怖いのではない。僕は生きている人間が怖いのだ。

助手席に死んだ女の人を乗せて深夜の国道を自宅に向かって車を走らせながら、僕はそれを確信した。


最初に抱き上げた時はまだほのかに温かかった。けれど、夜の道を2時間走って自宅に着いた時には、女の人の体はすっかり冷たくなってしまっていた。

狭い庭の片隅に車を停めると、僕は再び女の人の死体を抱き上げ、玄関に向かった。

女の人を抱いたまま、二度と戻って来ないはずだった家の中に足を踏み入れる。ダイニングキッチンを抜け、自室の扉を開ける。そこにはこの15年間、僕が死体のように横たわり続けていたベッドがあった。

僕以外の人間が一度も横になったことのないベッドに、女の人の死体を仰向けに横たえる。部屋の明かりを灯す。そして、命をなくした女の人の全身をまじまじと見つめた。

明るい光に照らされた女の人は、人間には見えなかった。美しい人形のようだった。

こんなに綺麗な人が、なぜ自殺しなくてはならなかったんだろう？

そう。女の人はとても美しかった。光の下で見ると、長い髪は明るい栗色に染められていた。生え際の部分だけが、少し黒くなり始めていた。

死化粧のつもりだったのだろうか？　女の人の顔には丁寧に化粧が施《ほどこ》されていた。産毛のない顔にはムラなくファンデーションが塗られ、頬骨の辺りには上気したかのように淡く紅が入れられていた。長い睫毛にはマスカラが塗り重ねられ、瞼《まぶた》では何色ものアイシャドウが美しいグラデーションを作っていた。長く伸ばした手の爪にはマニキュアが、足の爪にはペディキュアが、漆《うるし》のように幾重にも塗り重ねられ、つややかに輝いていた。唇はたった今、舌先でなめたかのように濡れて光っていた。

ほんのちょっとでいいから、目を開けた顔を見てみたい。

そんな誘惑に駆られ、僕は女の人の顔に手を伸ばした。軽く閉じられた瞼に指先でそっと触れる。瞼の薄い皮膚の下に球形の眼球があるのがわかる。その薄い瞼を開くために、指先に力を入れる。

だが……僕は、死体の目を開きたいという欲望を途中で抑えた。それが死者の眠りを妨げる、忌《い》まわしい行為のように思われたからだ。

自殺した女の人の瞼から手を離し、指を見る。指の先にはアイシャドウの細かい粒子が付着し、キラキラと金属質な光を放っていた。

ベッドに横たわった女の人は、皮膚に張り付くようなジーパンを穿き、光沢のある白いブラウスをまとっている。ブラウスの胸の部分を、豊かな乳房が高々と突き上げている。華奢なネックレスの巻かれた首が、とても長くて、細い。

女の人の首っていうのはこんなにも細く、こんなにも長いものなんだ。こんなにも華奢で、こんなにも滑らかで……。

「えっ？」

僕は息を飲んだ。

女の人の首にさらに顔を近づける。白いユリのような香りが鼻孔を刺激する。

女の人の皮膚は赤ん坊のように滑らかだったけれど、その白い喉の下の部分が、赤く、アザのようになっていた。

死体の上に身を乗り出すように手を伸ばす。ブラウスのボタンのひとつに手を掛け、それをためらいがちに外す。襟を左右にそっと広げる。

女の人の首の付け根には色素が沈着したような赤いアザが、首の周囲をぐるりと取り巻くようにできていた。喉仏の下の部分が特にひどくて、赤黒い内出血になっていた。

いったい、どうしたらこんなアザができるんだろう？

しばらく女の人の首を見つめていたあとで、僕は両手をそこにまわし、アザに重ねて合わせてみた。赤いアザは、僕の指の形よりいくぶん太く大きかったけれど、ほぼ正確に、僕の指と重なり合った。

そう。自殺ではなかった。彼女はあの樹海で自殺したのではなく、誰かに——僕より少しだけ手の大きな男に、絞め殺されたのだ。

こんなに綺麗な人が、どうして殺されなければならなかったんだろう?

ベッドに横たわった女の人を見つめて、ぼんやりと僕は考えた。

けれど——それはどうでもいいことだった。

そう。自殺であろうと、他殺であろうと、そんなことは僕には関係のないことだった。僕が死んだ女の人をこの部屋に連れ帰ったのは、死因の究明をするためではなかった。

僕は女の人が横たわったベッドの脇に跪《ひざまず》き、その整った横顔を長いあいだ見つめていた。そのあとで、ようやく心を決め……息苦しいほど心臓を高鳴らせながら、ゆっくりと腰を上げ、女の人の顔に自分の顔を近づけ……カサカサとした自分の唇を、ルージュで光る女の人の唇に……恐る恐る重ね合わせた。

生まれて初めての口づけ――。

わななく舌の先を、僕は女の人の閉じた唇のあいだに、深く――奥のほうで縮こまっていた女の人の舌に、自分の舌先が触れるまで――深く、深く、差し込んでいった。

女の人の口の中はひんやりとしていて、その舌は少し堅かった。ほんの微《かす》かに、煙草とクールミントキャンディみたいな味がした。

女の人との口づけ――。

ああっ、こんな瞬間が本当に訪れるだなんて！

女の人から唇を離し、その美しい顔を見つめる。心臓はさらに激しく高鳴っている。

そっと唇をなめる。僕の唇からはクレヨンみたいな口紅の味がした。

ああっ、この僕に、女の人とキスをする瞬間が訪れるだなんて！

生きている女の人には絶対にできない。だが、死んだ女の人になら、それができる。

僕はもう一度、女の人の顔に顔を近づけた。そして、今度はさっきより少しだけ自信をもって、女の人に唇を合わせた。

死んだ女の人と唇を合わせながら、百合子《ゆりこ》ちゃんを思い出した。

百合子ちゃん――彼女は小学校のクラスメイトだった。彼女の家は僕の自宅のすぐ近くにあって、僕たちは幼い頃からの顔見知りだった。

百合子ちゃんはとても可愛らしい女の子だった。明るくて、朗《ほが》らかで、誰にでも平等に優しかった。何度かは僕と同じクラスになった。短いあいだだったけれど、彼女と僕の席が隣り合わせになったこともあった。

いつか国語の時間に、教科書の朗読の順番が僕にまわってきて、僕が立ち上がって、つっかえながら小さな声で『ごんぎつね』を読んでいた時のこと――わからない漢字があって僕が口ごもってしまうたびに、隣にいた百合子ちゃんが小さな声で漢字の読み方を教えてくれた。

百合子ちゃんは僕が筆箱を忘れた時には鉛筆と消しゴムを貸してくれた。僕が欠席した翌日には自分のノートを見せてくれた。

クラスで僕はいつも、みんなから道端の石ころか雑草のように扱われていた。僕自身も自分を道端の石ころか雑草のように思っていた。そんな僕にまで、百合子ちゃんが優しくしてくれることが不思議だった。

百合子ちゃん――彼女が好きだったかどうかは、わからない。今も昔も、僕には『好き』という感情がわからない。

20歳をいくつか過ぎた頃、百合子ちゃんが結婚するという噂を母から聞いた。

僕は何年かぶりに家を出て、近所の川原に向かった。そしてそこで、四つ葉のクローバーを探した。一日かけて、33本の四つ葉のクローバーを見つけ、自宅に持ち帰ってそれを辞書に挟んで乾燥させた。

百合子ちゃんが結婚するという朝、僕は台紙に張り付けた33本の四つ葉のクローバーを大きな封筒に入れて、彼女の家の郵便受けに投げ込んだ。『幸せになってください』と書いた紙も同封した。昔、親切にしてくれたことへのお礼のつもりだった。

百合子ちゃんが結婚する日、僕は自室で神に祈った。百合子ちゃんが幸せになりますようにと祈った。

けれど、神は僕の祈りを聞き入れてくれなかったようだ。それから何年かして、百合子ちゃんが離婚したという噂を僕は母から聞いた。さらに何年かして、百合子ちゃんが子宮癌で死んだという噂を聞いた。僕は本気で神を憎んだ。

死んだ女の人と唇を合わせながら、そんなことを思い出した。

命をなくした女の人——それは何ひとつしてくれなかった神が、僕にくれた最初で最後のプレゼントのようにも思われた。

そう。神からの贈り物――彼女と僕の夜は、始まったばかりだった。

僕が何度も唇を重ねたせいで、女の人のルージュはすっかり滲《にじ》んでしまった。けれど、女の人の顔は相変わらず美しいままだった。

しばらく女の人の顔を見つめていたあとで、僕は手を震わせ、喘《あえ》ぐように呼吸をしながら、女の人のブラウスのボタンに手を掛けた。

震える指で、上からひとつずつ、順番にボタンを外していく。甘い香水がさらに強く匂う。緊張して、指がうまく動かない。だが、やがて……ブラウスのすべてのボタンが外れ、美しい光沢を持った真っ白なブラジャーがあらわになった。

女の人の背中に手をまわし、少し体を起こさせる。バンザイをさせるような姿勢にして、女の人の上半身から薄いブラウスを剝《は》ぎ取る。

ああっ！

僕は息を飲んだ。

女の人の体は美しかった。その肉体には余分な脂肪がまったくなく、競馬のサラブレッドのように鍛え上げられて、完全に引き締まっていた。ウェストは僕が両手の指をまわせば、指と指が届いてしまいそうなほど細かった。皮膚はキメが細かく、滑らかで、ほんの少しの弛《たる》みもなかった。

ブラウスを脱がせたあとで、僕は女の人の腰に巻かれた太い革製のベルトを外した。心臓を猛烈に高鳴らせ続けながら、ジッパーを引き降ろす。開いたジッパーのあいだから真っ白なショーツがのぞく。

細いジーパンはあまりにぴったりとしていたので、簡単に脱がせることはできなかった。それでも僕は、皮膚を引き剝がすようにして女の人の下半身からそれを取り除いた。

光沢のある純白のブラジャーと、純白の小さなショーツ。踵《かかと》の高い華奢なサンダル。下着姿の女の人の死体を、僕はじっと見下ろした。

部屋の空気は冷えていたが、女の人の皮膚に鳥肌が立つことはなかった。その当たり前のことが、僕には嬉しかった。

そうだ。彼女は生きていないのだ。僕の求めるものを、拒むことは決してないのだ。

下着だけになった女の人を、僕は凝視し続けた。

女の人の皮膚の下には、うっすらと鎖骨や肋骨《ろっこつ》が浮き出ていた。それほど痩せているにもかかわらず、乳房は不自然なまでに大きくて、ブラジャーのカップからその多くの部分がはみ出していた。

女の人の乳房は本当に豊かだった。それは滑らかな曲線を描いていっぱいに張り詰め、白い皮膚の向こうに青い血管を透《す》けさせていた。

喘ぐような呼吸を繰り返しながら、僕は女の人を見つめ続けた。

女の人は全身に、たくさんのアクセサリーをまとっていた。ネックレス。ブレスレット。アンクレット。イヤリング。左手の薬指にはダイヤモンドみたいな石の付いた指輪と、プラチナのシンプルな指輪が一緒に嵌《は》められていた。

結婚指輪？　心の中に微かな失望が芽生えた。

失望？　いったい何に失望するというんだ？

自嘲しながら、女の人の細い指から指輪を外してみた。指輪の内側には、『Y to I』という文字と、今年の春の日付とが刻印されていた。

I——それが彼女のイニシャルだということは、僕にもわかった。


その晩、僕はIというイニシャルの女の人とひとつベッドで一緒に寝た。

そうだ。それこそが僕の目的だったのだ。僕は最初からそうするために、死んだ女の人を拾って来たのだ。

たとえそれが死体であろうと、女性と一緒に寝るのは初めてだった。

死体と寄り添うのを、怖いとは思わなかった。気味が悪いとも思わなかった。凄まじいほどに高鳴る自分の心臓の鼓動を聞きながら、僕は毛布を肩まで引っ張り上げた。

もう女の人の首にできていたアザのことは考えなかった。結婚して1年もたっていない女の人の人生のことも考えなかった。僕はただ、女の人の肉体のことだけを考えた。

女の人の肉体——命をなくした女の人の肉体はひんやりとしていた。

そう。この人には体温がないのだ。もはやこの人は生きていないのだ。

僕には、その事実が嬉しかった。

窓から差し込む月明かりの中で——左腕をそっと女の人の首の下に差し込む。力を込めて抱き寄せる。こちらを向いた女の人の腹部と僕の腹部がぴったりと合わさり、ブラジャーのカップに覆《おお》われた豊かな乳房が、ふたりのあいだでゴムボールのようにギュッと押し潰《つぶ》される。僕は女の人のスベスベとした脚に、自分の脚を夢中で絡ませる。

ああっ、僕は今、裸の女性を抱き締めているのだ!

少し体を離し、女の人の乳房の谷間に強く顔を押し付ける。思いきり匂いを嗅ぐ。甘い香水や石鹼の香りに交じって、女の人の皮膚の匂いが——彼女が生前に分泌した汗の匂いが、ほのかにする。

乳房から顔を離し、再び強く抱き寄せる。力の限り——女の人の細い骨が、軋《きし》むほど強く抱き締める。

生きている女の人だったら、息が詰まるかもしれない。だがこの人には、そんな心配をする必要はない。強く抱き締めたまま、唇を重ね合わせる。キスすることには、僕はすでに慣れている。貪《むさぼ》るように吸う。女の人の歯と僕の歯がカチカチと触れ合う。

冷たかった女の人の体は、僕の体温を吸収して少しずつ温まっているようだった。もう抱き締めても、最初のようにひんやりとした感じはしなかった。それどころか女の人は、生きているかのように優しい体温を伝え返して来た。

生きているかのように？　いや、心配はいらない。この人は生きていないのだ。

女の人の背中に手を伸ばし、背骨の上に位置するブラジャーのホックを外そうとする。うまくいかない。ブラジャーのホックがどういう仕組みになっているのかが、僕にはわからない。

それでも、何度か失敗した末に僕はブラジャーのホックを外すことに成功する。乳房を包んだサテンのカップを、そっと押し上げる。女の人の豊かな乳房が剝《む》き出しになる。僕は毛布をまくりあげ、それをまじまじと見つめる。

生きている女の人には絶対にできない。だが、彼女にになら、それができる。僕は剝き出しになった死人の乳房に口を押し付け、貪るように乳首を吸った。

知識としては知っていた。だが、実際にどうしていいのか、よくわからなかった。

女の人の下半身から小さなサテンのショーツを取り除いたあとで、僕は仰向けにした女の人の両脚を左右に大きく開かせ、女の人の上に体を重ねた。そして、何度も失敗した末に、硬直した男性器の先端で女性器の位置を探り当てた。

もし生きている女性だったら、いきなり挿入することなど許されないのだろう。ゆっくりと愛撫をする必要があるのだろう。だが、この人にそんなことをする必要はない。

心臓がさらに激しく高鳴り、頭の中で血が沸騰する。全身の筋肉が凄まじいほどに震え、わななく。

女の人の両肩をベッドに押さえ付けるようにして、腰を強く前方に押し出す。女性器の入り口が狭い。さらに強く腰を押し出す。やがて……硬直した男性器が狭い肉の壁を突き破る。その奥に続く窮屈な道を強引に押し開き、強引に押し広げながら、女の人の奥深くへと進んでいく。

奥へ、奥へ、いちばん奥へ……冷たくはなかった。女の人の内部には、まだ生前の体温がほのかに残っていた。

ああっ、僕は今、女性と性行為をしているんだっ！

硬直した男性器がその根元まで女の人の中に埋まると、僕は死体の上で静かに体を動かした。誰に教えてもらったわけでもない。けれど、僕はその方法を知っていた。

最初はゆっくりと前後に、前後に、前後に……やがて少しずつ激しく、激しく、激しく……もちろん、死んでしまった女の人が声を立てることはない。けれど僕は、女の人の漏らす淫らで、切なげな声を聞いたような気がした。

「Iさん……Iさん……Iさん……」

そう呟《つぶや》きながら、死体の上で僕は夢中で体を動かし続けた。

前後に、前後に、前後に……激しく、激しく、激しく……やがて僕の男性器は死んだ女の人の中で痛いほどに膨張し、僕は死体の髪を掻き毟《むし》り、低く呻《うめ》きながら死体の中に精液を注ぎ込んだ。


一度経験してしまえば、二度目からは簡単だった。

30年の人生で初めての性交──その晩、僕は死んだ女の人を何度も犯した。仰向けにしたり、俯《うつぶ》せにしたり、自分の体の上に乗せてみたり……決して反応することのない女の人の中に、熱い精液を何度も何度も注ぎ込んだ。

僕は死体を犯し続け、犯し続け、犯し続け、やがて……体内にあったすべての精液を放出し、疲れきって、死体に腕枕をして眠った。

それは、かつて経験したことのない、穏やかで安らかな眠りだった。


女の人の声が聞こえたような気がして目を開く。瞬間、隣に横たわる女性が生き返ったのかと思って身を引く。

だが、死んだ人間は生き返りはしない。僕はその動かしがたい事実に安堵する。

月明かりの中で、女の人の長い睫毛が目の下に小さな影を作っている。僕はサラサラとした女の人の髪をまさぐり、その中に深く指を差し込み、指先で頭皮に触れる。そのまま引っ張るようにして髪を梳《す》く。シャンプーとリンスの香りが漂い、つややかな髪が火照《ほて》った指のあいだを、冷たい水のように擦り抜けていく。

ああ、彼女は死んでいるのだ。僕は何度も、その事実を確かめた。

女の人の尖った肩が剝き出しになっているのを見て、そっと毛布を引っ張り上げてやる。

そしてそのあとで、ひとりで苦笑した。

そう。この人が寒がることは、もう永遠にないのだ。

再び、目を閉じる。すぐそこで待っていた眠りが、たちまち舞い戻って来た。


夜明け前に、目を覚ました。すぐに脇を見た。

夢ではなかった。女の人は確かに、そこにいた。僕の脇に仰向けに横たわり、そっと目を閉じていた。弱々しい月の光が、相変わらず女の人の寝顔を照らしていた。

僕は女の人をじっと見つめた。

掛け布団の上端は、ちょうど仰向けになった女の人の胸の辺りに乗っかっていた。豊かな乳房がそれを高く持ち上げていたが、もちろん、その胸はぴくりとも動かなかった。

随分と長いあいだ女の人の寝顔を見つめていたあとで、そっと腕を伸ばし、女の人の体を自分のほうに抱き寄せようとした。

その瞬間、腕が異変を感じ取った。

異変——そう。異変だった。

女の人の皮膚が伝えてきた感触は、明らかにさっきまでとは違うものだった。

軽い胸の高鳴りを覚えながら、毛布をまくり上げる。弱々しい光の中に女の人の美しい裸体があらわになる。淡い陰毛がつややかに輝いている。

変わったことは何もないように見える。だが、女の人の体に触れ、それを静かに揺り動かしてみた瞬間、僕は彼女の肉体に起こりつつある変化をはっきりと知った。

変化——そう。女の人の体は棒のように、あるいは粘土で作った人形のように、強く硬直していたのだ。

僕は息を飲んだ。それこそが噂に聞いていた死後硬直に違いなかった。

しばらく呆然と女の人を見つめていたあとで、僕は硬直した女の人の体をゴロリと転がして裏返してみた。

「……ああ」

思わず目を逸らした。あれほど滑らかだった女の人の背中は、赤黒い不気味な斑紋《はんもん》でびっしりと覆われていたのだ。

死の斑紋——。

「……何ていうことだ」

その醜い斑紋が自分の背中にも広がっているかのように感じて、僕は身震いした。

反射的に自分の体を見る。15年間、ずっと死んだような生の日々を送って来た僕には、その醜い斑紋が似合っているような気がした。

痩せこけた僕の皮膚にはつやがなく、張りを失って、青白かった。それは死体の皮膚のようだったが、今はまだ、死の斑紋はできていなかった。

今はまだ――。

僕は再び女の人に目をやった。

女の人の皮膚に浮き出た斑紋は醜かった。グロテスクで、不気味だった。まるで皮膚に発生した黴《かび》のようで、美しい女の人の肉体にはあまりにも不釣り合いだった。

腐り始めている。そう。女の人は腐り始めているのだ。こうしている今も腐り続けているのだ。そしてやがて、ドロドロに溶けて、崩れてしまうのだ。

僕はそれを理解した。そして……僕も彼女のようになろうと思った。


12月も終わりに近づいた寒い晩――この死んだような生の時間を本当に終えてしまうために分け入った樹海の奥で、僕は彼女に出会った。

けれど……彼女と僕との至福の時間は、すでに終わってしまったのだ。

生まれてから30年、ずっとそうしてきたように――僕は今回も諦めた。諦めることには慣れていた。

いったい今さら、何を恐れる必要があるというのだろう？

僕は裸でベッドを出ると、床に脱ぎ捨てたダウンジャケットを拾い上げた。そのポケットに手を入れる。そこには、あの樹海で飲むはずだった薬が入っていた。

致死量の薬——月明かりの中で、僕はその白い錠剤を一粒ずつ口に入れ、奥歯でガリガリと嚙み砕き、唾液で飲み込んだ。

これ以上、何を望むことがあろうか？　もう充分だった。

致死量の薬をすべて飲み下したあとで、僕は女の人の待つベッドに戻った。

そもそも、なぜ僕は、あんな樹海まで死にに行ったのだろう？　どうせ死んでしまうなら、最初からこのベッドで薬を飲めばよかったのではないだろうか？

硬直した女の人をゴロリと仰向けに戻し、その隣に自分も仰向けに横たわる。毛布をふたりの首のところまで引っ張り上げる。毛布の下で、硬直した女の人の手を握り締める。

まるで彼女と新婚の晩を迎えているような気がする。

そう。僕はひとりではなく、この女の人と一緒に死ねるのだ。

なぜ、僕は樹海に行ったのだろう？　もしかしたら、彼女が僕を呼び寄せた？　彼女もまた、ひとりきりで死にたくなかったから……だから、僕を呼び寄せた？

わからない。僕は彼女の手をさらに強く握り締める。

だんだんと意識が遠のいていく。遠くから、抗《あらが》うことのできない強烈な眠りが近づいて来る。もう目覚めることのない永遠の眠り――。

女の人と僕の死体を発見した人はどう思うだろう？　僕がこの人を殺して自殺したと考えるだろうか？

「Iさん、ありがとう」

僕は女の人の手をさらに、さらに強く握り締めた。こんな僕の隣に女の人がいることが、ありがたかった。

僕は目を閉じた。一瞬、百合子ちゃんを思い浮かべた。それから急に、女の人の指輪に刻印されていた『Y to I』という文字を思い出した。

もしかしたら……この『Y』というのは……僕とこの女の人とを引き合わせてくれたのは……あの四つ葉のクローバーのお礼……だとしたら……。

わからない。もう考え続けることもできそうにない。

「……百合子ちゃん、ありがとう」

小さくそう呟いてから……僕は人生で最後の眠りに落ちた。

夫が彼に、還る夜――。

いつもなら、仕事が終わると気の置けない同僚たちと居酒屋に繰り出す。そして、上司の悪口や仕事の愚痴《ぐち》を言い合いながら、安居酒屋を何軒も飲み歩く。今の彼は、ほとんどの晩をそんなふうに過ごしていた。それが、一日のいちばんの楽しみといってもいいほどだった。

けれど、その晩の彼は同僚や後輩たちの執拗《しつよう》な誘いを断り、渋谷のオフィスを足早に出た。そして、自宅のある東京郊外に向かう地下鉄とは別の、横浜方面行きの私鉄の電車に乗り込んだ。

数日前に『梅雨《つゆ》入り宣言』が出されてから、雨の日ばかり続いていた。きょうも朝からどんよりとした曇り空で、少し前からはまた雨が降り出した。

空には汚水を吸い込んだ脱脂綿《だっしめん》のような雲が、林立するビル群に触れるほど低く垂れ込めていた。まだ日没前なのに、窓の外は夕暮れ時のように暗かった。

雨粒の流れ落ちる電車の窓ガラスには、グレイのスーツを着込んだ彼の姿が映っていた。ぬるぬるとした吊り革に摑《つか》まったまま、彼は10年以上前、のちに妻となる女と会うために、自分がしばしばこの電車に乗って横浜に向かっていたことを思い出した。その時に、自分がどれほど胸をときめかせていたかを、懐《なつ》かしさとともに思い出した。

その妻は、今から半年前に家を出て、横浜の実家へと戻っていた。

彼はまた、窓ガラスに映った自分の顔を見つめた。そして今度は、今夜、横浜港に面したホテルのイタリア料理店で、彼を待っているはずの女を思い浮かべた。その華やかな姿を思い描きながら、曲がっていたネクタイを直し、乱れた髪を整えた。

今から10年以上前、恋人だった妻に会いに行っていた頃のように、息苦しいほどに胸が高鳴っているのがわかった。

そう。今夜はその美しい女と過ごす、月に一度の特別な晩だった。


彼の名は三沢俊介《みさわしゅんすけ》。年は38歳。事務用品メーカーに勤務する、ごく平凡なサラリーマンだった。

のちに妻になる沙織《さおり》と彼が出会ったのは、今からちょうど12年前の6月、友人の結婚式の二次会の席でだった。

初めて見る沙織は、その華奢《きゃしゃ》な体を黒くぴったりとしたミニ丈のワンピースに包み、長く伸ばした亜麻色《あまいろ》の髪を柔《やわ》らかくカールさせ、とても踵《かかと》の高い洒落《しゃれ》たサンダルを履《は》いていた。ほっそりとした手でワインのグラスをもてあそびながら、友人らしい女たちとにこやかに談笑していた。

なんて綺麗で、なんて可愛《かわい》らしい子なんだろう！

それが沙織に抱いた第一印象だった。

上向きの長い睫毛《まつげ》を備えた人形のように大きな目、形のいい鼻、ふっくらとした唇とふっくらとした頰《ほお》、細く尖《とが》った顎《あご》、長くて細い首……それほど美しい女性を目にしたのは、覚えている限りでは初めてだった。

美しいだけではなく、彼女はとても優しげに見えた。そして、とても淑《しと》やかで、奥ゆかしそうに見えた。

ああっ、あんな女が自分の彼女だったら、どんなにいいだろう！　もし、そうなったら、人生はどんなに楽しいだろう！

きっと自分に向けられた視線に気づいたのだろう。友人たちと話をしていた沙織が、やがて彼のほうに顔を向けた。

どきん——。

彼女と視線が交《まじ》わった瞬間、心臓が激しく高鳴り、頭の中が真っ白になった。

次の瞬間、ほとんど何も考えられないまま、彼は彼女に歩み寄った。そして、怖《お》ず怖《お》ずとした口調で話しかけた。

「こんにちは。あの……僕、三沢といいます。新郎の田口《たぐち》の高校の同級生です」

沙織はその大きな目で真っすぐに彼を見つめた。

「はい。あの……わたしは木下《きのした》といいます。木下沙織です。あの……わたしは新婦の秋山《あきやま》さんの大学の同級生です」

濡《ぬ》れたように光る唇のあいだから真っ白な八重歯《やえば》を見せて、戸惑ったように微笑《ほほえ》みながら女が彼に言った。

今になっても彼には、なぜあの日、自分が沙織に話しかけることができたのかがわからない。彼はもともと、そういうことのできる男ではなく、どちらかといえば引っ込み思案な性格だった。

あの晩、彼女にどんなことを話したのか、今となってはよく思い出せない。たぶん、自分を面白い男だと思わせようとして、くだらない冗談や、バカバカしい駄洒落《だじゃれ》を連発していたのだろう。

彼が話をしているあいだ、沙織はその整った顔に、相変わらず戸惑ったような笑みを浮かべていた。だが、5分ほどの会話の中で、彼は彼女が大手自動車会社の本社ビルの受付として勤務しているということや、自分より三つ年下の23歳だということや、横浜の自宅に両親と三人で暮らしているということを聞き出した。さらに彼は、その短い会話の最後に、彼女の携帯電話の番号を聞き出すことに成功した。

翌日、何度もためらった末に、彼は彼女に電話をかけた。

「あの……良かったら、あの……一緒に食事にでも行きませんか?」

あの日、くだらない冗談とバカバカしい駄洒落を連発したあとで、彼はそう言って沙織を誘った。

たぶんダメだろう。きっと、呆気《あっけ》なく断られるだろう。

そう覚悟していた。

けれど、彼の耳に届いたのは、「ええ。あの……わたしで良ければ……」という、ためらいがちな彼女の言葉だった。

三沢俊介が電車を降り、桜木町《さくらぎちょう》のプラットフォームに立つと、辺りには濃い潮の香りが立ち込めていた。もうすでに日は落ちていて、横浜港は無数の光に彩《いろど》られていた。港を跨《また》ぐように架けられた巨大な橋も、行き交う車の黄色いヘッドライトと赤いテイルランプに染め分けられていた。

雲は一段と低くなっていて、港の周りに立ち並ぶ高層ビルの上層階は、どれも雲の中に隠れて見えなかった。ただ、ビルの屋上に取り付けられたいくつもの赤いライトが、煙のような雲の中で規則正しい点滅を繰り返しているのが、ぼんやりと見えるだけだった。

相変わらず小雨《こさめ》が降り続いていた。港に面した遊園地の観覧車から放たれた七色の光が、霧のように漂《ただよ》う細かい雨を七色に染めていた。

プラットフォームを下り、改札口を抜けると、三沢俊介はすぐそこに聳《そび》え立つホテルのひとつへと足早に向かった。

そう。そこでその女が、彼を待っているのだ。今夜、彼女は彼を——彼の心と体を強く求め、それを強く欲しているのだ。そして、彼もまた、彼女の心と体を強く求め、欲しているのだ。

彼はジャケットのポケットに触れた。そこには、今夜、その女に渡すつもりのプレゼントが入っていた。

女性に贈り物をするなんて、いったい何年ぶりのことだろう?

足早に歩き続けながら、彼は美しく整った女の顔や、ほっそりとした体を思い浮かべた。

その行為の時の切なげに歪《ゆが》んだ女の顔や、濡れた唇から漏《も》れる淫《みだ》らな声や、自分の背に立てられた女の爪が作る鋭い痛みを思い浮かべた。
胸がさらに激しく高鳴るのがわかった。

三沢俊介と沙織は、恋人として2年の歳月を過ごした。それは心躍《おど》るような日々の連続だった。

お互いの仕事が終わったあとで、彼らは毎日のように待ち合わせて一緒に食事をした。沙織は横浜に、彼は東京の世田谷《せたがや》のアパートに住んでいたから、食事のあとはたいがい渋谷で別れた。だが、時には彼は彼女と同じ電車に乗り込み、横浜まで送って行った。翌日もまた会えるというのに、それほどに別れがたかったのだ。

週末にはしばしば、彼は電車を乗り継いで横浜に出かけていった。そして、横浜駅周辺や、関内《かんない》や石川町《いしかわちょう》の繁華街で、沙織とお茶を飲んだり、映画を見たり、買い物をしたり、食事をしたりした。

月に一度か二度は、狭くて薄汚れた彼のアパートに彼女がやって来た。彼女が来た時には、たいてい一緒に近くのスーパーマーケットに買い物に行った。そして、狭くて薄汚れた部屋の、狭くて薄汚れたキッチンに並んで立ってふたりで料理を作った。

彼女と初めて肉体関係を持ったのも、その狭くて薄汚れた部屋の、狭くて薄汚れたベッドでだった。

沙織はお洒落で綺麗な女だったから、これまでにも何人もの男たちと付き合って来たに違いないと彼は思っていた。けれど、そうではなく、沙織にとっては彼とのそれが初めての性体験のようだった。

彼のアパートの壁はとても薄かったから、沙織はその部屋のベッドで愛し合うことを嫌がった。それでその後は、ラブホテルのようなところによく行った。そういうホテルの部屋での沙織は、淑やかないつもの彼女からは想像もできないほどに、激しく淫らに乱れるのが常だった。

ああっ、こんなにも幸せでいいのだろうか?

沙織を見るたびに、彼は心からそう感じた。そして、これからの人生を彼女とふたりで歩んで行きたいと強く思った。

きっと沙織も同じだったのだろう。彼が結婚を申し込んだ時、彼女はとても嬉しそうな顔をした。そして、わずかなためらいを見せることもなく、それを承諾《しょうだく》した。

今からちょうど10年前の6月に、彼は沙織と結婚した。彼女の希望で、新婚旅行には南の島に行った。そして、帰国後は都内の賃貸《ちんたい》マンションで新婚生活を開始した。

結婚したばかりの頃のふたりは、毎晩のように性交をしていた。一晩に二度も三度も交わることもあった。

たぶん、これから何年たっても、俺は毎晩、沙織を抱くんだろうな。きっと、いつまでも飽きることはないんだろうな。

あの頃、彼はそう信じて疑わなかった。

だが、もちろん、それは誤りだった。人はどんなことにでも慣れて、やがては飽きてしまうものなのだから……。


夜景に彩られた横浜港を見下ろすイタリア料理店の窓辺のテーブルで、女は彼を待っていた。

女はその華奢な体を、尖った肩が剝《む》き出しになった白いミニ丈のワンピースに包み、全身にたくさんのアクセサリーをまとい、亜麻色の長い髪を柔らかく波打たせていた。長く伸ばした爪には鮮《あざ》やかなエナメルが施《ほどこ》され、踵《かかと》の高い白いサンダルの先からは手の爪とは違う色に彩られた爪がのぞいていた。

彼が店に入った時、女は窓の外に顔を向けていた。だが、すぐに彼に気づき、彼の目を真っすぐに見つめた。

女の座ったテーブルに歩み寄りながら、彼もまた、彼女の目を真っすぐに見つめた。そして、思った。

この女は、こんなにも綺麗で、こんなにも魅力的だったのだろうか――と。

上向きの長い睫毛を備えた人形のように大きな目、形のいい鼻、ふっくらとした唇とふっくらとした頬、細く尖った顎、長くて細い首……あでやかな化粧に彩られた女の顔は、目を逸《そ》らせなくなるほどに美しかった。

「沙織。ごめん。待ったかい？」

女のすぐ脇に立つと、三沢俊介はそう言って微笑みかけた。

そう。そこにいたのは、彼の妻だった。紛《まぎ》れもなく、妻の沙織だった。

けれど、彼にはなぜか……妻ではないほかの女が、そこにいるかのように思えた。

「ううん。わたしも来たばかりよ」

真っ白な八重歯を見せて妻が微笑んだ。うっとりとするほど魅力的な微笑みだった。

「沙織……また綺麗になったんじゃないか？」

妻の向かいに腰を下ろして三沢俊介は言った。

「本当？　お世辞《せじ》でも嬉しいわ」

照れたように妻が微笑んだ。濡れたように光る唇のあいだから、また真っ白な八重歯がのぞいた。

けれど、それはお世辞ではなかった。家を出て行ってからの妻は、会うたびに美しく、若々しくなっているように彼には思えた。

結婚したばかりの頃の彼は妻を見るたびに、その美しさに目を離せなくなっていた。けれど……やがて、それにも慣れてしまった。

かつての彼は妻に少しでも良く思われたいと思って、身だしなみにもいろいろと気を遣《つか》っていた。だが、いつしか、妻の前で平気で鼻糞《はなくそ》をほじるようになり、平気でおならをするようになった。妻を笑わせようとして、かつてはさかんに連発したくだらない冗談や、バカバカしい駄洒落も、いつの間にか口にしなくなっていた。

その彼の変化に合わせるかのように、妻の沙織も少しずつ彼の前では気を遣わなくなっていった。結婚した頃の妻は、どんな時でも綺麗に化粧をし、どんな時でもあでやかに着飾っていたというのに……時間の経過とともに、休日には化粧をせずに過ごすようになり、家にいる時はスエットスーツのような格好《かっこう》でいることが多くなった。そして、セクシーだった下着も、いつの間にか、質素《しっそ》で機能的な木綿《もめん》のそれにと変わっていた。

結婚前や、結婚したばかりの頃のふたりのあいだでは、会話が途切れるということがなかった。だが、それもいつしかなくなり、一緒にいても黙っていることが増えていった。

それはどんな夫婦にもたいていは訪れる自然な変化で、決して悪いことではなかった。

つまり、ふたりは家族になったのだ。まるで空気のように、お互いに余計な気遣いをせずに過ごすようになったのだ。

恋人から夫婦へ……そして、家族へ……。

それはごく自然な、ごく当たり前の変化だった。だが、少なくともその変化は、『性的なときめき』とは逆行《ぎゃっこう》するものだった。

そう。ほとんどすべての動物たちは、本能的に家族との性交を避けるものなのだ。だから、おそらく家族になってしまった男と女は性の営《いとな》みから徐々に遠ざかっていくのだ。

結婚直後は毎晩のようにあった夫婦の性の営みは、やがて二日に一度になり、三日に一度になった。1年後には週に一度になり、2年後には月に一度になった。そして、3年が過ぎた頃には、思い出したようにしかそれをしなくなってしまった。

性欲が衰《おとろ》えたというわけではない。少なくとも、彼に限っては、そんなことはなかった。ただ、妻の裸や下着姿を目にしても、たまに一緒に入浴をしても、かつてのようにムラムラとするような性欲が湧き上がって来ることがなくなったというだけのことだった。それでも、夫婦の仲が悪くなったということは決してなかった。時には喧嘩《けんか》をすることもあったが、どちらかといえば彼らは仲のいい夫婦だった。

そんなふうにして、平穏で平凡な結婚生活が8年ほど続いた。

そのあいだに、ふたりは長いローンを組んで東京郊外の分譲《ぶんじよう》マンションを買い、そこに転居した。それは安い買い物ではなかったけれど、将来、ふたりか三人の子供が生まれることを想定し、少し無理をして、部屋数のある物件を選んだ。

ありきたりで、退屈ではあるけれど……それなりに幸せな毎日——。

そんなふたりの関係に危機が訪れたのは、今から2年ほど前のことだった。

夜景に彩られた横浜港を見下ろすイタリア料理店の窓辺のテーブルで、その晩、三沢俊介と妻の沙織はさかんに話をした。彼らが会うのは1カ月ぶりだったから、お互いに報告しなければならないことが山のようにあったのだ。

夢中になって話をする——それは半年前までのふたりからは考えられないことだった。

話をしながら、彼は沙織の左薬指に目をやった。白く滑《なめ》らかなその指には、10年前の結婚式の日に彼が嵌《は》めたプラチナの指輪が光っていた。もちろん、彼の左薬指にも、それと同じものが嵌まっていた。

食事の途中で彼はポケットから小箱を取り出した。そして、「少し早いけど……結婚記念日のプレゼントだよ」と、照れたように微笑みながら、それを妻に差し出した。

そう。1週間後は、彼らの10回目の結婚記念日だった。

「結婚記念日のプレゼント？」

沙織が驚いたような顔をした。「あなたが結婚記念日を覚えてるなんて……」

「意外かい？」

「ええ。だって、あなたからプレゼントをもらうなんて……もう何年もなかったことだから……」

「そうだったっけ？」

彼はとぼけてみせた。だが、妻の言う通りだということは、わかっていた。

「開けてもいい？」

「ああ……開けてみて」

彼が言い、妻は指先のエナメルを鮮やかに光らせながら、手の中の小箱を開いた。箱の中から出て来たのは、いくつものダイヤモンドを繋《つな》いだプラチナのピアスだった。

「素敵なピアスね」

「気に入ったかい？」

「ええ。すごく嬉しいわ。ありがとう」

妻が本当に嬉しそうに言った。そして、またあの八重歯を見せて微笑んだ。

そんな妻の顔を見つめながら、彼は思った。

沙織の言う通りにして良かったのかもしれない——と。


今から2年前、ふたりで夕食をしていた時、妻の沙織が不思議そうに言った。

「わたしたち、どうして赤ちゃんができないのかしら？」

そう。結婚前や結婚して数年のあいだは避妊具を使って性交していた。けれど、その後はそれを使ったことはなかった。

「どうしてって……たまたまじゃないのかな？」

ぎこちなく笑いながら、彼は言った。

その頃には彼らはごく稀《まれ》にしか性行為をしていなかったから、そのことを妻に咎《とが》められているような気がしたのだ。

「もしかしたら、あなたかわたしのどちらかに、何か問題があるんじゃないかしら？」

沙織がさらに言った。彼女がそんなことを口にするのは初めてのことだった。

しばらくの沈黙があった。そのあいだ、彼は向かいに座った妻の顔を見つめていた。

妻が相変わらず美しいということはわかっていた。相変わらず華奢で、ファッション誌のモデルのようにスタイルが良いということもわかっていた。一緒に街を歩いていると、何人もの男たちが欲望のこもった視線で彼女を見つめていることも知っていた。

けれどやはり、目の前にいる女は性欲の対象というよりは、安心できる人生の伴侶《はんりょ》でしかなかった。

やがて彼は妻に尋《たず》ねた。

「沙織、赤ん坊が欲しいのかい？」

「ええ。欲しいわ」

彼の問いかけに、沙織は即座に答えた。


その晩、ふたりは子供を作ることに決めた。

沙織は婦人用体温計を購入し、目が覚めるとすぐに体温を測るようになった。沙織の排卵は、ほぼ30日に一度の周期で起こるようだった。

「きょうが排卵日だと思うの。だから、寄り道しないで真っすぐに帰って来てね」

ほぼ30日に一度、朝の食卓で沙織が彼に告げる。そうすると、その晩の彼は酒の誘いを断り、真っすぐに帰宅する。そして、入浴と食事をそそくさと済ませ、夫婦でベッドに潜《もぐ》り込んで裸の体を重ね合わせた。

何だか、不自然だな。

胸の高鳴りもなく、性的ときめきもなく、ただ義務的に行為に及ぶたびに、彼はぼんやりとそう思った。

それでも、最初の数カ月はたいした問題はなかった。だが、半年ほどが過ぎた頃から、彼は何となく、その日が近づくと気が重くなるようになっていった。

「きょうが排卵日だと思うの」

ほぼ30日に一度、朝の食卓で妻が告げるたびに、彼は少し怖じけづいたような気分になった。そして、ちょうどその頃から、性交に失敗するようになった。

しようとしてもできないなんて……彼にとって、そんなことは初めてだった。

月に一度のチャンスを逃《のが》すまいと、沙織は必死だった。彼女は萎《な》えてしまった彼の性器を指でしごいたり、口に含んだりして、それを硬直させようと躍起《やっき》になった。

それでうまくいくこともあった。

だが、どうしてもうまくいかないこともあった。

「あーっ、どうしてダメなんだろう？　せっかくのチャンスだったのに……」

ぐんにゃりとした彼の性器を見つめて、沙織はしばしばそんな言葉を口にした。

「ごめんよ……」

彼は苦笑いを浮かべて謝罪した。

だが、彼は妻の言葉にいたく傷ついていた。まるでオスとして失格だと言われたかのような気分だった。


食事が済むと、三沢俊介と沙織はホテルの最上階にあるバーラウンジに行った。そして、光に彩られた横浜港を眺めながら、さらに酒を飲んだ。

その晩の彼は、氷を浮かべたウィスキーを飲んだ。沙織のほうは、赤い色のショートカクテルを飲んだ。

静かで薄暗い店の中には、音量を抑えたジャズのメロディーが流れていた。間接照明の柔らかな光が、沙織の全身を優しく包み込んでいた。彼女の耳元では、彼がプレゼントしたばかりのダイヤモンドのピアスが揺れていた。

なんて綺麗で、なんて可愛らしいんだろう。

自分の向かいでカクテルグラスを傾けている妻の顔を見つめ、今夜、何度も繰り返し思ったことを、彼はまた思った。

「どうしてそんなに、わたしを見てるの？」

グラスから顔を上げて沙織が訊《き》いた。塗り重ねられたファンデーションの上からでも、その頬がほんのりと上気《じょうき》しているのが見てとれた。

「すごく綺麗で……すごく魅力的だから……」

剝き出しになった妻の尖った肩や、深く窪《くぼ》んだ鎖骨《さこつ》に目をやりながら、少しはにかんで彼は答えた。

「半年前までは、そんなこと絶対に言ってくれなかったのに……」

少し挑戦的に沙織が彼を見つめた。だが、口元は笑っていた。

「言わなかったっけ？」

「言ってくれなかったわ。結婚前は会うたびに言ってくれたのに……結婚してから、あなたに綺麗だとか、魅力的だとか言われたことなんて、数えるほどしかなかったわ」

少し拗《す》ねたような口調で沙織が言った。

「そうか……あの……ごめん」

「いいわ。許してあげる」

沙織が笑った。そして、テーブルの下で彼の太腿《ふともも》にそっと触れた。

その瞬間、彼の下腹部が甘く疼《うず》いた。


夫婦の懸命の努力にもかかわらず、沙織はなかなか妊娠しなかった。

三沢俊介と妻の沙織は、排卵日のたびに性交をするという暮らしを続けた。今から半年前には、その期間は1年半に及んでいた。

時には手間取ることもあったが、最初の1年は、たいてい彼は妻の中に体液を注ぎ込むことができていた。けれど、1年が経過した頃には、うまくいくことのほうが少なくなっていった。

「いったい、どうしたっていうの？　せっかくの排卵日だっていうのに、どうしてできないの？」

彼が性交に失敗するたびに、苛立《いらだ》ったように妻が言った。そして、何とかそれを挿入可能な状態にまで硬直させようと、手で擦《こす》ったり、口に含んだりを繰り返した。

仰向けに寝転んだ自分の股間《こかん》に顔を伏せ、懸命に首を打ち振っている妻を見るたびに、彼は申し訳ないような気分になった。だが、頑張ろうと思えば思うほど、それはますます萎えていくのが常だった。

「きょうが排卵日だと思うの」

朝の食卓で妻がそう告げるたびに、彼は脅《おび》えたような気分になった。そして、重要な接待か何かが急に入り、帰宅できなくなることを願ったりした。


バーラウンジを出ると、三沢俊介と妻の沙織は客室へと向かった。

サンダルの高い踵をぐらつかせながら、沙織は彼に縋《すが》り付くようにして歩いていた。ダイヤモンドのピアスが揺れる沙織の耳元からは、甘い香水が漂っていた。ふわふわとした長い髪からは、上質なコンディショナーの香りがした。

「それじゃあ、おやすみなさい」

自分の部屋のドアを開けながら沙織が言った。そして、素早く廊下を見渡し、誰もいないことを確かめてから、彼の体をそっと抱き締めてキスをした。

「ああ。おやすみ……」

ほっそりとした妻の体を抱き締め返して彼は言った。そして、部屋に入っていく妻の姿を見届けてから、自分はさらに廊下を歩いて別の部屋に向かった。彼は同じ部屋に泊まりたかったが、沙織が頑《がん》としてそれを受け入れなかったのだ。

部屋に入るとすぐに、彼は丁寧《ていねい》に歯を磨《みが》き、浴室でシャワーを浴《あ》びた。そして、いつになく入念に、髪と体を洗った。男性器は特に念入りに洗った。

熱いシャワーに打たれながら、彼は妻の裸体を思い浮かべた。肋骨《ろっこつ》の上にふたつに切った丸いパンを乗せたような小ぶりな乳房や、細くくびれたウェストや、高く突き出した腰骨や、皮下脂肪《ひかしぼう》のまったくない下腹部を思い浮かべた。股間に生《は》えたわずかばかりの黒い毛や、細長い臍《へそ》で揺れるピアスを思い浮かべた。

そう。この半年のあいだに、沙織はエステティックサロンで股間の性毛のほとんどを脱毛し、臍にはピアスを嵌《は》めるようになっていた。

沙織は今、どうしているのだろう？　やはりシャワーを浴びているのだろうか？　それとも、浴槽《よくそう》に湯を張り、そこに身を横たえているのだろうか？

男性器がゆっくりと硬直を始めたのがわかった。

妻の裸体を思い浮かべるだけで、そんなふうになるなんて……半年前には考えられないことだった。

あれは今から、ちょうど半年前の去年の師走《しわす》——沙織の排卵日の晩のことだった。

月に一度そうしているように、あの晩も彼らは裸でベッドに潜り込んだ。

いつもそうしているように、その晩も彼は、性的な高ぶりも胸のときめきもないまま、ほとんど義務的に妻の体を愛撫《あいぶ》した。

たぶん沙織も彼と同じ気分だったのだろう。彼が脇腹に手をやると、沙織はくすぐったがって笑い声を上げたりもした。

だが、長時間にわたる彼の愛撫によって、やがて妻の性器は潤《うる》み始め、その口から微《かす》かな声が漏れるようになった。

けれど……前月や、前々月と同じように、その晩も、彼の性器は充分には硬直しなかった。いや、最初は勃起《ぼっき》していたのだが、妻に体を重ね合わせたとたん、空気の抜けた風船のように萎《しぼ》み始めてしまったのだ。

「ダメだ……できないよ」

妻から下りると、投げやりに彼は言った。そして、ベッドに大の字に仰向《あおむ》けになった。

「ええっ？　またなの？」

呆《あき》れたように妻が言った。そして、蔑《さげす》みのこもった目で彼を見た。いや、少なくとも彼は、蔑まれたように感じた。

そういう時にはいつもそうしているように、妻は彼の股間に顔を伏せた。そして、ぐんにゃりとした男性器を口に含み、頬を凹《へこ》ませて顔を上下に動かし始めた。

時にはそれで男性器が硬直を始めることもあった。けれど、半年前のその晩は、彼の性器はいつまでたっても柔らかなままだった。

「もう、いやっ。もう、疲れたっ」

30分近くにわたって男性器を口に含んでいたあとで、妻が顔を上げた。その大きな目の中には、怒りと苛立ちが浮かんでいた。

いつもの沙織はそれ以上は言わなかった。けれど、あの晩、彼女はさらに言葉を続けた。おそらく、それほどに苛立ち、失望していたのだろう。

「どうしてこうなの？　どうして、こんな意気地《いくじ》なしになっちゃったの？」

意気地なし――。

その言葉は彼をカッとさせた。

「俺ばかり責めるな。やれと言われてできるものじゃないんだ。俺は種馬《たねうま》じゃないんだからな」

ベッドに上半身を起こし、強い口調で彼は言った。彼もまた、妻に負けないほどに苛立っていたのだ。

「だって、月に一度のチャンスなのよ。わたしは毎日、この日のために基礎体温を測り続けているのよ。それなのにできないなんて……責めたくもなるわよ。それは当然のことでしょ？」

ぐんにゃりとした性器と、彼の顔を交互に見つめ、怒りのこもった声で妻が言った。

「俺だけが悪いわけじゃない。これは沙織の責任でもあるんだぞ」

彼は言い返した。悔しくて、言い返さずにはいられなかったのだ。

「どうしてわたしに責任があるのよ？」

細い眉《まゆ》を吊り上げるようにして、妻が彼を睨《にら》みつけた。

その妻の顔が、彼をさらに苛立たせた。

「俺ができないのは、沙織に魅力がないからなんだ。沙織を見てても、ちっとも抱きたくならないんだ」

そんなことは、口が裂けても言うべきではないとわかっていた。だが、あの晩の彼は、言葉を抑えることができなかった。

「わたしに魅力がないですって？」

沙織が怒りに声を震わせた。「魅力がないのは、そっちだって同じでしょう?」

「何だって?」

「わたしだって、あなたなんかには抱かれたくないのよ。あなたの下手《へた》くそなセックスには、もう飽き飽きしてるのよ。でも、赤ちゃんが欲しいから、無理をしているんじゃない? 嫌悪感に耐えて、我慢しているんじゃない?」

沙織が言い、彼は「バカにするなっ!」と大声で叫んだ。そして、妻を殴《なぐ》りつける代わりに、ベッドマットを強く殴りつけた。

その晩、彼らは何時間も激しく言い争った。それほど激しく言い争うのは、初めてのことだった。

不毛《ふもう》な言い争いを真夜中まで続けたあとで……ふたりはようやく口を閉じた。

しばらくの沈黙があった。とても気まずくて、重苦しい沈黙だった。

その沈黙を破ったのは沙織のほうだった。

「実は、前から考えていたことなんだけど……」

そう言って、沙織が彼にある提案をした。彼にとって、それは思いもよらない奇抜《きばつ》なものだった。

髪を乾かして浴室から出ると、三沢俊介は火照《ほて》った素肌に白いタオル地のバスローブをまとった。そして、冷蔵庫から出した缶入りのウィスキーの水割りを持って、窓辺のソファに深く腰を下ろした。

妻の部屋は港を望むダブルベッドルームのはずだったが、彼のそれはツインベッドルームで、窓の外には港ではなく横浜の繁華街が広がっていた。

大きな窓の向こうの横浜の夜景と、磨き上げられたガラスに映った自分の姿を交互に眺めながら水割りをゆっくりと飲む。時折、思い出したかのように、ベッドのサイドテーブルに乗せられた白い電話に目をやる。

静かだった。エアダクトから送り込まれて来る微かな空気の音と、自分の呼吸する音のほかには、ほとんど何も聞こえなかった。

彼が最初の水割りを飲み干し、2本目を取りに冷蔵庫に向かおうとした時……サイドテーブルの電話が鳴った。

鳴り続けている電話に駆け寄る。汗が噴き出した手で受話器を持ち上げる。

『来て……』

耳に押し当てた電話から、囁《ささや》くような沙織の声がした。その瞬間、彼は耳に、湿《しめ》った息を吐きかけられたように感じた。

「ああ。すぐに行くよ」

喘《あえ》ぐように言うと、彼は受話器を置いた。そして、部屋を飛び出し、廊下を走った。

妻の部屋のドアの前に立ち、ドアチャイムに指を伸ばす。乾いた唇をなめたあとで、汗ばんだその指先でそれを押す。

ピンポーン。

数秒後に、ドアがゆっくりと引き開けられた。甘い香りが廊下に溢《あふ》れ出た。

そこに——白く透《す》き通ったナイトドレスに身を包んだ美しい女がいた。整った顔に妖艶《ようえん》な笑みを浮かべ、その大きな目で彼を見つめていた。

濃く化粧が施された女の顔や、極端に丈《たけ》の短いナイトドレスの向こうに透けた体の線や、乳房と股間を申し訳程度に覆った小さな白い下着や、踵の高いサンダルに支えられた細くて長い脚を、彼はまじまじと見つめた。

そこにいるのが自分の妻なのだということはわかっていた。

そう。透き通ったナイトドレスをまとってそこに立っているのは、間違いなく、妻の沙織だった。12年前に彼が一目惚《ひとめぼ》れし、10年前に彼と結婚し、半年前に彼と大喧嘩をして家を出て行った女だった。

けれど……彼はまた、そこに見知らぬ女が立っているように感じた。

「入って……」

濡れたように光る唇のあいだから、白い八重歯を見せて妻が囁いた。

彼はまた、耳の中に湿った息を吐き込まれたような気がした。そして、その瞬間、彼は妻の提案が正しかったことを確信した。


半年前、あの大喧嘩のあとで、沙織は家を出て実家に戻ると宣言した。

「出て行くって？」

さすがに彼は驚いた。

「ええ、出て行くわ。でも、今、急に思いついたことじゃなく、ずっと前から考えていたことなのよ」

「ずっと前から？」

「ええ。わたしたち、しばらく別々に暮らしたほうがいいと思うの」

真っすぐに彼を見つめて、沙織は以前から考えていたという提案をした。それは別居して、月に一度の沙織の排卵日にだけホテルで会うというものだった。

「何もそこまでしなくても……」

妻の提案にひどく戸惑いながら、彼は首を左右に振った。

そんな彼の目をじっと見つめて、沙織は言葉を続けた。

「どっちが悪いというわけじゃないけど……今ではわたしたち、すっかり馴《な》れ合《あ》いになってしまって、恋人だった頃の新鮮さがなくなってしまったと思うの。セックスがうまくいかないのも、きっとそれが原因なのよ」

彼もまた、妻の目をじっと見つめた。

何か反論しようと思った。けれど、その言葉が見つからなかった。それどころか、何もかもが、妻の言う通りのような気がした。

彼に言い聞かせるような口調で、沙織がさらに言葉を続けた。

「ずっと会えないと、きっと、お互いに寂しくてしかたなくなるはずよ。恋人だった頃みたいに、会いたくて、会いたくてたまらなくなるはずよ。そして、ようやく会えた時は、また昔みたいにときめくと思うの」

「あの……沙織……俺と離婚するつもりじゃないだろう?」

恐る恐る彼は言った。もしかしたら妻の提案はただの口実で、本当は自分と別れるつもりでいるのではないかと考えたのだ。

「離婚？　そんなことするはずがないでしょう？　わたし、今もあなたが好きよ」

優しく微笑みながら、沙織が言った。そして、両手で彼をそっと抱き締めた。


「入って……」

戸口に立ち尽くしたまま自分を見つめている夫に向かって、三沢沙織は囁くように言った。そして、口元から自慢の八重歯をのぞかせて微笑んだ。

「ああ……入るよ……」

バスローブ姿の夫が喘ぐように言い、誘われるかのように足を踏み出した。だが、そのあいだも、夫は彼女から目を離すことはなかった。

そう。夫は見ていた。

1時間かけて入念に化粧を直した彼女の顔を……白くて薄いベビードールの中に透けた白くセクシーな下着や、結婚前と変わらないほっそりとした彼女の体を……丈の短いベビードールから突き出した2本の両脚を……夫は欲望に目を潤ませ、瞬《まばた》きさえ惜しむかのように見つめていた。

手招きで夫を誘いながら、沙織はゆっくりと後ずさった。

「ああっ、沙織……」

夫が欲望に潤んだ目で沙織を見つめ、彼女に向かって手を伸ばした。

「ダメよ。まだダメ」

沙織は夫の手からひらりと身をかわした。そして、サンダルの高い踵をぐらつかせながらサイドテーブルに歩み寄り、そこに並んだスイッチのひとつに触れた。

次の瞬間、女性ヴォーカリストの歌うスローなバラードが静かな部屋に流れ始めた。

その音楽に合わせ、身をくねらせるようにして沙織は踊った。踊りながら、透き通ったベビードールの裾《すそ》を指先でつまみ、それをピアスの揺れる臍の辺りまで、ゆっくりとまくり上げた。今夜のために買った、両サイドが細い紐《ひも》になった小さな白いショーツが剝き出しになった。

「ああっ、沙織……」

夫がまた沙織に歩み寄ろうとした。

「ダメっ。そのソファに座ってて」

ベビードールの裾から手を離し、沙織はすぐそばのソファを指さした。

「でも……」

「言う通りにできないなら、出て行ってもらうわ」

強い口調で沙織が言い、夫は潤んだ目で沙織を見つめたまま、ソファに腰を下ろした。

「これでいいかい？」

「ええ。いいわ」

沙織は再びバラードに合わせて踊り始めた。妖艶に体をくねらせながら、またベビードールの裾を摑み……それを再び臍の辺りまで持ち上げ……今度はそれをゆっくりと鳩尾《みぞおち》の辺りまで引き上げ……またその裾から手を離し……それをまた摑んで、今度は胸の辺りまで持ち上げ……骨張った腰を前後左右に打ち振り……さらにゆっくりと、じらすかのようにベビードールを脱ぎ捨てた。

「ああっ、沙織……」

夫が喘ぐように、また同じ言葉を繰り返した。

脱いだばかりのベビードールを、沙織は新体操の選手が使うリボンのようにひらひらと大きく打ち振った。そのあとで、それを夫のほうに投げた。

自分の足元に舞い落ちた布に、夫はちらりと視線をやった。それから、再び彼女を見つめた。

夫がまとったバスローブは左右に大きくはだけていて、そこから逞《たくま》しい胸が見えた。引き締まった腹部も見えた。そして、股間も見えた。

夫の股間では、硬直した男性器が真っすぐにそそり立っていた。

激痛だけしかなかった最初の数回を別にすれば、沙織は夫との行為のたびに激しく乱れた。そして、波のように押し寄せる快楽に、自分でも恥ずかしくなるほどに淫らな声を漏らし、夫の背に傷が残るほど夢中になって爪を立てたものだった。

沙織にとって性の営みとは、愛し合う男女だけに許された、厳粛《げんしゅく》で、特別なもののはずだった。けれど……かつてはあれほど特別に感じられたその行為にも、沙織はいつの間にか慣れ、かつてほどの喜びを感じられなくなった。そして、結婚して3年が過ぎた頃には、夫が求めて来ると『面倒だな』と思うようにさえなっていた。

月に一度の排卵日の性交は、彼女にとっては気の重い義務のようなものだった。感じたような演技をしてはいたけれど、心の中では『早く終われ』と、そればかり思っていた。

もしかしたら、夫の俊介も同じだったのかもしれない。彼にとっても、それはただの義務になっていたのかもしれない。

萎えたままの夫の性器を見るたびに、彼女は追い詰められたような気になった。そして、夫をそういう気持ちにさせられない自分を責め、同時に、オスとしての責任を果たすことのできない夫を責めた。

どうしたらいいんだろう？　どうしたら、かつてのように情熱的に愛し合うことができるんだろう？

彼女は何日も考えた。そして、出した結論が別々に暮らすということだった。

家を出て実家に戻るとすぐに、夫に対する彼女の気持ちは大きく変わった。結婚前、別々に暮らしていた頃のように、一日中、夫のことばかり考えるようになったのだ。

会いたい……会いたい……あの人に会いたい……。

朝、目を覚ましてから、夜、ベッドに入るまで……彼女はそればかり考えるようになった。そして、月に一度の排卵日を心待ちにするようになった。

きっとそれは、夫も同じだったのだろう。別々に暮らすようになると、夫は恋人だった頃のように彼女に頻繁《ひんぱん》に電話をして来た。そして、恋人だった頃のようにくだらない冗談や、バカバカしい駄洒落を連発し、一緒に暮らしていた時には決して口にしなかった「好きだ」「愛してる」という言葉を囁いた。

遊園地の営業はとうに終わったというのに、巨大な観覧車は相変わらず、七色の光を辺りに撒《ま》き散らしながら、ゆっくりとした回転を続けていた。その光が鏡のような海面に美しく映っていた。港に突き出した大きな埠頭《ふとう》には、外国の国旗を掲《かか》げた白くて巨大な客船が停泊していた。時折、遠くから汽笛《きてき》が低く響いた。

スローなバラードに合わせながら、下着姿の沙織は身をくねらせるように踊り続けた。途中で背中に右腕をまわし、ブラジャーのホックを外した。

ショルダーストラップのないブラジャーは、ただそれだけのことで床にはらりと舞い落ちた。だが、その瞬間に沙織が左腕で押さえたので、夫には彼女の乳首を目にすることはできなかったはずだった。

「ああっ、沙織……まだダメなのかい？」

ソファから腰を浮かせた夫が訊いた。その股間では相変わらず、男性器が強い硬直を続けていた。

沙織は無言で首を左右に振った。今夜、夫からプレゼントされたダイヤモンドのピアスが揺れるのがわかった。

沙織はゆっくり、ゆっくり、身をくねらせ続けた。ストリップをするのは今夜が初めてだったが、このショーは沙織が考えていた以上に夫を高ぶらせているようだった。

両の乳首を左腕一本で隠したまま、沙織はさらにしばらく身をくねらせていた。そのあとで、今度はショーツの脇に右手を伸ばし、その細い紐を解いた。

まず右側を……それから、左側を……次の瞬間、沙織の股間を覆っていた小さな白い布が、ゆっくりと舞いながら床に落ちた。

「ああっ、沙織……もうダメだ。もう我慢できない」

ついに夫がソファから立ち上がり、彼女に歩み寄った。そして、両腕で彼女を強く抱き締めた。硬直した男性器が、ふたりの体のあいだで押し潰《つぶ》されるのがわかった。

「ああっ……」

沙織は無意識のうちに声を漏らした。込み上げる快楽のために、声を抑えることができなかった。

沙織は夫の胸に顔を伏せ、そこに濡れた唇を押し当てた。それから、膝を折り、腰を屈めるようにして、その唇を夫の腹部へ、そして下腹部へとずらしていった。

やがて硬直した男性器が目の前に現れた。黒々とした太いそれは、その先端から透明な分泌液《ぶんぴつえき》を滴《したた》らせていた。

夫の前にひざまずくと、沙織は目の前のそれに舌を這《は》わせた。それから、それを口いっぱいに含み、鼻孔《びこう》を広げて呼吸を確保しながら、ゆっくりと首を前後に振り始めた。

「ああっ……」

頭上から夫の低い呻きが聞こえた。同時に、がっちりとした夫の両手が、彼女の髪を鷲《わし》掴《づか》みにした。

「もうダメだ……もう出そうだ」

頭上から夫の声が聞こえた。

沙織は硬直した男性器を口から出すと、夫の顔を見上げた。

本当はもっと続けていても良かった。オーラルセックスは好きではなかったが、夫はそれをとても喜んだから。

けれど、大切な夫の体液を口に受けてしまうわけにはいかなかった。

夫の顔を見上げたまま、沙織はサンダルの踵をぐらつかせながら立ち上がった。

次の瞬間、筋肉の張りつめた夫の腕が、ほっそりとした彼女の体を軽々と抱き上げた。

そして、彼女を部屋の中央にある大きなベッドへと運び、そこに乱暴に投げ落とした。

まるでトランポリンの上に落とされたように、彼女の体は大きく弾《はず》んだ。

「ああっ、沙織……」

喘ぐようにそう言うと、夫が彼女にのしかかって来た。そして、小ぶりな乳房を片手で荒々しく揉《も》みしだきながら、ほとんど愛撫もなしに、彼女の中に硬直した男性器を深く突き入れた。

「ああっ……」

強い衝撃が肉体を貫《つらぬ》き、沙織はほっそりとした体を弓なりに反らして呻いた。

ストリップショーのあいだに、沙織もまた充分に潤んでいた。だから痛みはなかった。

そこにあるのは、目眩《めくるめ》くような快楽だけだった。

いつの間にか、夫は眠ってしまったようだった。すぐ隣から、規則正しい寝息が聞こえて来た。

観覧車から放たれる七色の光に染められた天井を、沙織はぼんやりと見つめた。そして、思った。

来月はどんなふうに挑発しようかしら、と。

月に一度だけの逢瀬《おうせ》——。

すべては赤ん坊のために始めたことだった。けれど、今では赤ん坊なんてどうでもいいような気になっていた。それどころか、自分がもし妊娠し、この逢瀬がなくなってしまったら残念だと思うようにさえなっていた。

そう。いつの間にか沙織は、この月に一度の夜を楽しみにし、指折り数えて待つようになっていたのだ。

ずっと赤ちゃんができなくてもいいや。ずっとこのままでもいいや。

沙織は思った。そして、隣で寝息を立てている夫の剥き出しの肩に、そっと唇を押し当てた。

夫が彼に、還る夜――。

大好きな男の肩は少し汗ばんでいた。そして、少し塩辛《しおから》かった。

愛されるための三つの道具

マウス

人はいつから口という器官を、性の道具のひとつとするようになったのだろう？　江戸時代の女たちも、口をそのために使ったのだろうか？　『源氏物語』が書かれた頃の女たちも、男の人の股間《こかん》に顔を伏せ、首を上下に打ち振ったのだろうか？　楊貴妃《ようきひ》や卑弥呼《ひみこ》やクレオパトラも、硬直した男性器に口を塞《ふさ》がれ、くぐもった呻《うめ》きを漏らしていたのだろうか？

もしかしたら……わたしたちの聖母も処女で主を受胎《じゅたい》されていた時に、夫の性的な欲求に応じて、その股間に顔を伏せたことがあったのだろうか？　髪を乱暴に鷲摑《わしづか》みにされ、男性器で喉《のど》の奥を荒々しく突かれ、噎《む》せて咳《せ》き込み、最後には口の中に放出されたドロドロとした液体を、喉を鳴らして嚥下《えんげ》したのだろうか？

彼は全裸でソファに座っている。

わたしは下着姿で——ブラジャーとショーツだけという姿で、彼の前に犬のように四つん這《ば》いになっている。

まだ何をしたというわけでもないのに、彼の股間ではすでに、荒々しく硬直した男性器が、上を向いてそそり立っている。

「おいで……聖子《せいこ》……」

彼がわたしを手招きする。その目が欲望に潤《うる》んでいる。

彼の顔と股間を交互に見つめて、わたしはそっと唇をなめる。それから、伸ばした髪を床に引きずりながら、犬のように這って彼に近づく。心臓が高鳴り始めたのがわかる。

「さあ、聖子、始めて……」

広げた自分の脚のあいだにうずくまったわたしを見下ろし、囁《ささや》くように彼が言う。

彼の言葉に、わたしは無言で頷《うなず》く。それから、静かに目を閉じ、すぐ目の前にそそり立っているそれにゆっくりと顔を近づけ、そこにゆっくりと唇をかぶせていく。

固く熱い肉の棒が、わたしの唇をいっぱいに押し広げながら、ゆっくりと口の中へと入って来る。

奥へ……奥へ……もっと、奥へ……。

口での呼吸を奪《うば》われたわたしは、鼻孔《びこう》を懸命に広げて息をする。骨張った彼の指が、わたしの顔にかかった髪をそっとかき上げる。きっと、彼はわたしを見ているのだ。口に男性器を含んだわたしの顔を、征服感を覚えながら見下ろしているのだ。

いつものように、わたしの胸に、微《かす》かな恥辱と屈辱が込み上げる。そう。わたしは恥ずかしいのだ。尿の排泄《はいせつ》器官でもあるそれを、口に含まされていることが悔しくもあるのだ。

だが同時に、その恥ずかしさと悔しさが、わたしを性的に高めてもいく。

わたしはゆっくりと首を振り始める。すぼめた唇から男性器が出たり入ったりを繰り返し、耳たぶにぶら下がった大きなピアスがブランコのように揺れる。

「ああっ、聖子……好きだよ……」

頭上から彼の声がする。

けれど、口を塞がれたわたしには、それに言葉で応えることはできない。言葉を使う代わりに、わたしはリズミカルに首を打ち振る。濡れた唇と男性器が擦《こす》れ合う淫靡《いんび》な音が耳に届く。

ああっ、わたしは口を犯されているんだ。犬のように四つん這いになり、彼の股間に顔を伏せ、食事をしたり、言葉を話したり、神への祈りを捧《ささ》げるための口を、尿の排泄器官でもあるそれで凌辱《りょうじょく》されているんだ。

それは屈辱的なことに違いなかった。それにもかかわらず、いつの間にか、わたしの股間はじっとりと潤み始めていた。

「聖子……聖子……」

わたしの名を繰り返しながら、彼がブラジャーの上からわたしの乳房に触れた。そして、カップの上から、それを乱暴に、荒々しく揉《も》みしだいた。

疼《うず》くような痛みとともに、恥辱と屈辱をともなった快楽が体の中を走り抜けた。

「うっ……むっ……むうっ……」

わたしは身をよじり、唇の隙間《すきま》からくぐもった呻《うめ》き声を漏らした。そして、その呻き声のあまりの淫《みだ》らさに、わたしはさらに高ぶった。

男性器を口に含むよう彼に求められた時、わたしは思わず身を引いた。

男と女はそういうことをするものなのだと、わたしだって、知識としては知っていた。

昔、女の人がそれをしている写真を、友人から見せられたこともあった。大学の友人の何人かからは、自分たちが恋人にそれを実際にしているということも聞かされていた。

そう。愛し合うふたりにとって、その行為はごく自然なことなのだ。

けれど、あの時のわたしには、それはやはり、おぞましく、忌《い》まわしいことのように思われた。

彼と出会うまで、わたしは男の人と付き合ったことがなかった。キスどころか、男の人と手を繋《つな》いだこともなかった。


わたしの名は桜庭《さくらば》聖子。年は22歳。都内の私立大学の英文科に通い、湘南《しょうなん》の海を見下ろす丘の上のキリスト教会のすぐ隣にある家に暮らしている。

そう。わたしの父はキリスト教の牧師なのだ。

母はかつて父の教会に通っていた熱心な信者のひとりだった。必然的にわたしは、キリスト教の教えの中で育った。

両親はわたしに厳しい躾《しつけ》をした。特に異性との交際や、性に関することについては、まだ小さかった頃から、わたしはいろいろなことを言い聞かせられていた。

わたしは素直で、柔順な性格だったから、両親の言い付けに背《そむ》くようなことはなかった。

中学や高校の時には、何となく『いいな』と思う人もいたけれど、その思いを口にしたこともなかった。何度かは男の子から『好きだ』と言われたこともあったけれど、彼らと付き合うこともなかった。

けれど、大学生になり、彼と知り合うと、すべてのことが大きく変わった。

彼は陽気で、大らかで、優《やさ》しげだった。背が高く、よく日焼けしていて、とてもハンサムだった。みんなの前ではふざけてばかりいたけれど、講義を受けている時の横顔は、とても真剣で、怖いぐらいだった。

大学の構内で彼と擦《す》れ違うたびに、わたしは胸をときめかせた。同じ教室で講義を聞いていると、ただそれだけで幸せな気持ちになれた。

男の人を好きになるっていうのは、こういうことだったんだ。

生まれて初めて、わたしはそれを知った。

けれど、彼と自分が特別な関係になるなんて思ってもいなかった。自分はいずれ、両親に薦《すす》められた誰かと――信者のひとりか、父の後輩の牧師の誰かと結婚することになるのだと、ずっと思い込んでいたのだ。

今から半年ほど前、わたしは大学の構内で彼に呼び止められた。そして、彼に『付き合ってほしい』と言われた。

瞬間、頭の中が真っ白になった。そして、直後に、言いようもない幸福感が、体いっぱいに広がった。

そんなふうにして、わたしは彼と付き合うようになった。彼とふたりで買い物をしたり、映画を見たり、レンタカーでドライブをするのは楽しかった。ふたりでする食事は、どんなものでも、とてもおいしかった。

ああっ、幸せだ。

わたしは心からそう思った。

神や主を大切に思う気持ちに変わりはなかった。けれど、わたしにとって、彼は神と主の次に大切な人になった。

わたしは彼を自分の家に連れて行き、両親に会わせた。

反対されるかと思った。けれど、父も母も、わたしが彼と交際することに反対はしなかった。母は彼のことを『誠実で、真面目《まじめ》そうで、爽《さわ》やかな人』だと言った。父も『感じのいい青年だ』と褒《ほ》めてくれた。

その日の夜、彼が帰ったあとで、母がわたしの部屋にやって来た。そして言った。

「彼のことはお母さんも好きだけど、でも結婚するまでは純潔でいなくてはダメよ」

わたしは素直に頷いた。純潔という言葉が何を意味するかは知っていた。

「お母さんも、お父さんと結婚するまでは……そういうことはしなかったの？」

少し照れながら、わたしは訊《き》いた。そういうことを母に訊くのは初めてだった。

「当然よ」

「あの……キスもしなかったの？」

「当たり前じゃない」

わたしの目を見つめて、母が頷《うなず》いた。


母との約束通り、わたしは結婚するまで純潔を守るつもりでいた。けれど、彼はすぐに体を求めて来た。

「ダメよ……できないわ……」

わたしは言った。「結婚するまでは純潔を守るって、母と約束したの」

「純潔って？」

「だから、あの……結婚するまで、わたしは処女でいなきゃならないの。だから……それまで待ってほしいの」

わたしの言葉を聞いた彼は、しばらく腕組みして考えていた。それから、ひとつの提案をした。

これは神の教えに背くものなのだろうか？　わたしが彼の提案に応じることは、父と母を、そして、神と主を裏切ることになるのだろうか？

わたしは躊躇《ちゅうちょ》した。けれど、結果として、わたしはその提案を受け入れた。

男性器を女性器に挿入させてはいけないことは知っていた。だが、少なくとも、口を使ってはいけないということは、わたしは両親から教えられていなかった。それに、彼の提案に従ったとしても、わたしの体に男性を受け入れた痕跡《こんせき》が残ることはなかった。そして、何より……わたしは彼が好きだった。

そう。好きな人の性的な求めに応じるのは、ごく自然なことだと思ったのだ。

彼の股間に顔を伏せ、しっかりと目を閉じて、わたしは規則正しく首を打ち振り続けた。

一段と硬直し、一段と膨張《ぼうちょう》した男性器が、いっぱいに広げた唇から、出たり入ったりを繰り返していた。唇からは唾液《だえき》が溢《あふ》れ、顎《あご》の先からたらたらと床に滴《したた》り落ちた。

いったいどれくらい、これを続けているのだろう？　10分？　15分？　20分？　わたしにはもう、それさえわからなかった。

硬直した首の筋肉が、ずきずきと鈍《にぶ》い痛みを発していた。口を半開きにしたままだったから、今では顎もひどく疲れていた。

「聖子……聖子……」

わたしの名をなおも繰り返しながら、彼がわたしの髪をがっちりと、抜けるほど強く鷲摑みにした。そして、わたしの顔をさらに激しく、さらに早く上下に打ち振らせた。

「うっ……ぐっ……ぐっ……」

硬直した男性器の先端に喉を突き上げられ、わたしは噎《む》せ返り、口の中のものを思わず吐き出した。そして、身をよじるようにして、ゲホゲホと激しく咳き込んだ。

「お願い……乱暴にしないで……お願いだから、もっと優しくして……」

涙の浮いた目で、わたしは彼を見上げた。

「さあ、続けて」

わたしの咳が終わるのを待ち兼ねたように彼が言った。そして、再びがっちりと髪を摑み、わたしの唇に男性器を押し当てて来た。

しかたなく、わたしは再び目を閉じ、唾液に濡れた男性器を再び深く口に含んだ。

すぐにまた、彼はわたしの顔を乱暴に上下させ始めた。そして、石のように固い男性器で、わたしの喉を容赦《ようしゃ》なく突き上げた。

「好きだ……聖子……好きだ……」

呻くように彼は繰り返した。

けれど、彼が今、わたしにしていることは、愛情の表現というよりは、わたしを支配し、征服し、服従させるための行為のようにも思われた。

きっと、そういうものなのだろう？　男が女を愛するということは、支配し、征服し、足元にひれ伏せさせることでもあるのだろう。

抜けるほど強く髪を鷲摑みにし、彼はわたしの顔を乱暴に打ち振り続けた。首の痛みに耐え、顎の疲れに耐え、込み上げる吐き気に耐えて……わたしはその行為を続けた。

やがて……彼が低く呻いた。そして、わたしの顔を打ち振らせるのをやめた。

来るっ。

いつものように、わたしは身構えた。

口の中の男性器がヒクヒクと痙攣《けいれん》した。そして、次の瞬間、そこから放出されたドロドロとした液体が口いっぱいに広がった。

射精が終わるのを待って、彼はわたしの口から唾液にまみれた男性器を引き抜いた。

わたしは顔を上げ、涙に濡れた目で彼の顔を見つめた。それから……いつもそうしているように、口の中の生温かな液体を飲み下した。

愛の証《あか》し——そういうことだった。

喉の鳴る、コクンという音が聞こえた。

ふと思った。父も母に、こんなことをさせているのだろうか、と——。


「ありがとう、聖子」

わたしの髪をいとおしそうに撫《な》でながら、彼が言った。その目には、わたしに対する愛情が満ちているように見えた。

「いいの。翔太《しょうた》が喜んでくれれば、それでいいの。それより……こんなことしかできなくて、ごめんなさい」

わたしは言った。彼に性交を許していないことへの負い目があったのだ。

「いや、いいんだ。これで充分だ」

彼は言った。そして、わたしを抱き寄せ、唇を合わせようとした。

けれど、わたしはそれを拒んだ。

そう。それはしてはいけないことだったから……結婚するまでは、彼とキスはしないと、
わたしは母に約束していたから……。

大丈夫。わたしはまだ穢《けが》れてはいない。大丈夫。わたしはまだ純潔のままだ。

彼の腕の中で、わたしはそう思った。

アナル

大便を排泄するための不浄《ふじょう》の器官を、快楽のために使うことを思いついたのは、いったいどういう人たちだったのだろう？

カトリックでは処女性が強く求められていた。さらに、中絶が認められていなかった。そんな理由から中世ヨーロッパの人々は、肛門での性交を思いついた……昔、何かの本で、そんな話を読んだことがある。

さらにいろいろと調べてみると、肛門を使った性交は世界の各地で、かなり古い時代から広く行われていたようだった。外国だけではなくこの日本でも、僧侶と稚児《ちご》、衆道《しゅどう》、陰間茶屋《かげまぢゃや》などの人々によって、昔からそれは盛んに行われていたという。

そう。ごく普通とは言わないまでも、それは目くじらを立てるほど異常な行為ではないのかもしれない。けれど、数日前、彼がそれを求めて来た時、わたしはひどく驚いた。

硬直した男性器で肛門を貫《つらぬ》かれるなんて……そんなことは、不潔で、おぞましく……

とてつもなく忌まわしいことに思われた。


彼と出会った時、わたしは44歳。15歳年下の彼はまだ29歳だった。

大学に入ったひとり息子が家を出たのを機に、わたしはまた働くことを思い立った。結婚20年を迎えた夫との関係は、すでに完全に冷えきっていた。わたしは夫の顔を見るのさえ嫌《いや》で、いつか離婚しようと決意していた。だから、その時のためにも、自分の生活費を自分自身で稼《かせ》ぎたいと思ったのだ。

今からちょうど1年前の6月に、わたしは都内の貿易会社に面接に行った。ヨーロッパからワインの輸入をし、主にインターネットを使って販売しているその会社が、経理の事務員を募集していたのだ。

朝から鬱陶《うっとう》しい雨が続く6月の午後だった。わたしは郊外の自宅から電車を乗り継ぎ、かなり緊張しながら面接先に向かった。高校を卒業してから24歳で結婚するまで、わたしはずっと経理の仕事をしていた。けれど、20年ものブランクがあったから、採用されるという自信はなかった。

その会社は渋谷駅のすぐ近くの、とても綺麗《きれい》なビルの10階の一室にあった。オフィスはわたしが思っていたより小さかったけれど、静かで、清潔で、明るくて、大きな窓からは渋谷の街が一望できた。

わたしがオフィスに入ると、そこでは数人がパソコンに向かって働いていた。彼らはみんな、わたしより遥《はる》かに若く見えた。

わたしを応接室に案内してくれたのも若い女性だった。あでやかな化粧を施《ほどこ》した彼女は、ミニ丈の洒落《しゃれ》たスーツをまとい、踵《かかと》の高い洒落たパンプスを履《は》いていた。とても綺麗で、頭がよさそうな人だった。

自分が着込んでいるスーツや、化粧の方法がとても時代遅れなものに思え、わたしはひどく気後《きおく》れした。同時に、自分がとても場違いなところにいるように思えた。

やっぱりダメだ。もう帰ろう。応接室のソファで、わたしは何度もそう思った。

やがてドアがノックされ、直後にほっそりとした若々しい男の人が、整《ととの》った顔に爽やかな笑みを浮かべて応接室に入って来た。

彼はわたしの向かい側に腰を下ろすと、少し驚いたようにわたしを見つめた。

わたしがあんまりおばさんだから、びっくりしているんだ。

わたしは思った。そして、消え入りたいような気分になった。

そんなわたしに、彼は笑顔で自分の会社の説明を始めた。大学を卒業後、総合商社に入った彼は、そこでワインの輸入に携《たずさ》わり、27歳で会社を辞めたあと、この会社を興《おこ》したということだった。

わたしはほとんど上《うわ》の空《そら》で社長の話に頷いていた。わたしなんかが採用されるはずはないと確信していたのだ。だから、彼が「佐伯《さえき》さん、いつから働いていただけますか？」と訊いた時は、飛び上がるほど驚いた。

「採用していただけるんですか？」

怖《お》ず怖《お》ずとわたしは尋《たず》ねた。

「ええ。ぜひお願いします」

彼が言った。そして、唇のあいだから真っ白な歯を見せて爽やかに笑った。


そんなふうにして、わたしは彼の会社で経理の事務員として働き始めた。思っていた通り、11人の社員の中ではわたしがいちばん年上で、あとは全員が20代だった。

わたしは自分の年のことをひどく気にしていた。けれど、実際に働き始めてみると、ほかの社員は誰ひとり、そんなことは気にしていないように見えた。社員はみんな、とても一生懸命に働いていた。その熱気に押されるように、わたしもまた懸命に働いた。

楽しかった。それほどやり甲斐《がい》を感じて働くのは、初めてのような気がした。

働き始めて半年ほどが過ぎた去年の暮れ、わたしは夫に離婚を切り出した。自分の稼ぎで何とか生活するめどが立ったからだ。夫は呆気《あっけ》ないほど簡単に離婚に同意し、わたしは都内のアパートにひとりで暮らし始めた。少し恥ずかしかったけれど、社長である彼にも自分が離婚したことを話した。

彼に食事に誘われたのは、その直後だった。

驚いたけれど、嬉しかった。その頃すでに、わたしは15歳も年下の彼にほのかな恋心を抱いていたのだ。

彼がわたしを連れて行ってくれたのは、西麻布《にしあざぶ》のイタリア料理店だった。小さかったけれど、静かで、落ち着いていて、とてもお洒落なお店だった。

そのお店の料理は、どれもとてもおいしかった。ワインもおいしかった。取り留めもない話を彼としているのも楽しかった。

料理が終わりに近づき、デザートが運ばれて来たあとで、彼が急に「佐伯さん、僕と付き合ってもらえませんか？」と言った。

一瞬、わたしは耳を疑った。そして、彼にからかわれているのだと思った。

けれど、そうではなかった。

「実は僕……佐伯さんを初めて見た瞬間に好きになってしまったんです」

わたしの目を真っすぐに見つめ、真面目な顔で彼が言った。

「こんなおばさんのどこが好きなの？」

彼の目を見つめ返して、わたしは訊いた。息苦しいほどに胸が高鳴っていた。

「言葉ではうまく言えません。たぶん一目惚れなんです。こんな経験は初めてです」

わたしを見つめ、少し恥ずかしそうに彼が言った。

・

その晩、わたしは渋谷にある彼のマンションの部屋に泊まった。そして、その洒落た部屋で男女の関係になった。夫以外の男の人と肌を合わせるのは初めてのことだった。

その後も、会社でのわたしたちは上司と部下として今まで通りに働いた。だから、ほかの社員は、わたしたちの関係に気づいていないようだった。それでも、社内で彼と話すたびに、そして、目が合うたびに、わたしはときめいた。

会社が終わると、わたしたちは毎晩のようにレストランや居酒屋で待ち合わせた。そして、週に一度か二度は彼の部屋で関係をもった。会社では『佐伯さん』とわたしを呼んでいたけれど、ふたりになると彼はわたしを『冴子《さえこ》さん』と呼んでくれた。

ふたりでいる時の彼は、とても優しかった。性行為もとても素敵だった。彼との行為では、わたしはいつも性的絶頂に達し、淫らな声を上げて彼に夢中でしがみついた。

性的絶頂だなんて……夫との行為では、一度も経験のないことだった。

若い彼は性欲が旺盛《おうせい》だった。けれど、アブノーマルな性行為には関心がないように見えた。だから、数日前、行きつけのお寿司屋さんの個室で、肛門を使っての性交を求められた時には、わたしはひどく驚いた。


「そんな不潔なこと、できないわ」

あの晩、手にしていた日本酒のグラスをテーブルに置いて、わたしは首を振った。

けれど、彼は諦《あきら》めなかった。

「冴子さんにアナルセックスの経験があるのなら、僕はこんなことは求めない。でも、冴子さんにその経験がないから、どうしてもそれがしたいんだ。誰にも犯されたことがない場所を、この僕が最初に犯したいんだ」

その涼しげな目で、わたしを真っすぐに見つめて彼が言った。

「誰にも犯されたことがない場所……」

呟《つぶや》くように、わたしは繰り返した。そして、日本酒のグラスをしばらく見つめていたあとで、ゆっくりと頷いた。

わたしは彼が好きだった。だからこそ、もうひとつの処女を彼に捧げたかった。


そして、きょう、その日が来た。

今夜、彼が予約したのは、都心に聳《そび》え立つ高層ホテルの一室で、窓から東京の夜景を一望できる素敵なスィートルームだった。

ついさっき、わたしはトイレで浣腸《かんちょう》を繰り返した。彼の性器に大便が付着しないようにとの気遣《きづか》いからだった。それが済むと、入念にシャワーを浴び、素肌にバスローブをまとい、胸を高鳴らせながらリビングルームを出て、隣にあるベッドルームへと向かった。

大きなダブルベッドのあるその部屋は薄暗かった。すでにバスローブに着替えた彼は窓から夜景を眺めていたが、わたしの姿を認めるとゆっくりとソファから腰を上げた。

彼はわたしと向き合うように立ち、いつものように両手でわたしを強く抱き締めた。ふたりの体に乳房が押し潰《つぶ》され、わたしは「ああっ」という微かな声を漏らした。

すぐに彼がわたしのバスローブを脱がせた。わたしは下着をまとっていなかった。

「ベッドに四つん這いになって」

彼の吐《は》く湿《しめ》った息が耳をくすぐった。

わたしは無言で頷くと、激しく胸を高鳴らせながら大きなダブルベッドに上がった。そして、そこに両膝《ひざ》と両肘《ひじ》とをつき、背筋を反《そ》らし、脚を左右に大きく広げた。

彼もまたバスローブを脱ぎ捨て、ベッドに上がった。その股間ではすでに、硬直した男性器がそそり立っていた。

潤滑油《じゅんかつゆ》の入ったビンを手に、彼はわたしの背後にまわった。脚を開いているせいで、そこからだと性器が丸見えのはずだった。

見られている……。

そう思うだけで、女性器が潤んだ。

彼はしばらくわたしの股間をじっと見つめていた。それから、わたしの肛門に指先で潤滑油を入念に塗《ぬ》り込み始めた。

「いやっ……恥ずかしい……」

こそばゆさに、わたしは身をよじった。肛門を他人に触られるのは初めてだった。

肛門の周りに潤滑油を塗り終えると、彼はそこに指を差し込んで来た。骨張った彼の指が入って来た瞬間、わたしは思わず「あっ」という声を漏らし、反射的に腰を引いた。

「冴子さん、動かないで」

囁くように彼が言った。そして、肛門のさらに奥に指を突っ込み、直腸の壁に執拗《しつよう》に潤滑油を塗り込んでいった。

「ああっ……いやっ……」

また声が漏れ、女性器が一段と潤んだ。意志とは無関係に太腿《ふともも》がプルプルと震えた。

やがて彼がお尻から指を引き抜いた。そして、わたしの後ろにひざまずき、両手でわたしの腰の辺りに触れた。それは後背位で性交をする時のいつもの姿勢だった。

来る——。

両手でシーツをしっかりと握り締め、奥歯を食いしばって、わたしは身構えた。

すぐに男性器の先端が、肛門に宛《あ》てがわれた。直後に、石のように硬直したそれが、肛門を力強く押し広げながら、ゆっくりとわたしの中に入って来た。処女喪失時の痛みに勝るとも劣《おと》らぬ凄《すさ》まじい痛みが、電流のように体を走り抜けた。

「ああっ、痛いっ！　やめてっ！」

背後を振り向き、わたしは叫んだ。

「冴子さん、力を抜いて」

彼が言った。そして、わたしの腰を両手でがっちりと押さえ付け、硬直した男性器をさらに奥にねじ入れようとした。

わたしは意識して下腹部から力を抜いた。その瞬間、男性器がズズッと、滑り込むようにして直腸の中に入って来た。

「ああっ、いやっ！　痛いっ！」

わたしはベッドに顔を押し付けた。あまりの痛みに、頭がおかしくなりそうだった。

ようやく男性器がその根元までわたしの中に埋まると、後背位での性交の時のように、彼はゆっくりと腰を振り始めた。わたしの手首程もある太い男性器が、肛門を引きつらせながら、出たり入ったりを繰り返しているのが、わたしにもはっきりとわかった。

「ああっ！　ダメっ！　痛いっ！」

髪を振り乱し、わたしは声を上げた。

そんなわたしの腰をがっちりと摑《つか》んで、彼は執拗に男性器の出し入れを続けた。

「あっ、いやっ！　あっ！　ああっ！」

最初の頃、わたしに声を上げさせていたのは痛みだった。間違いなく激痛だった。

けれど、男性器の出し入れが続けられるうちに、その痛みは少しずつ鈍くなり……少しずつ微かになり……やがて、今までに経験したことのない奇妙な快楽が、ゆっくりと全身に広がっていった。

そう。わたしは感じ始めていたのだ。

「ああっ、いいっ！」

体を弓なりに反らし、わたしは叫んだ。

「冴子さん、感じるの？」

腕を伸ばし、両手でわたしの乳房を荒々しく揉みしだきながら、彼が訊いた。

「ええ。感じるっ！　感じるわっ！」

両手でシーツを握り締め、無我夢中でわたしは叫んだ。

わたしの直腸に体液を注ぎ入れると、彼は肛門から男性器を引き抜いた。そして、たった今まで不浄の器官に入っていたそれを、わたしの目の前に突き出した。

一瞬、わたしはためらった。けれど、次の瞬間には、目を閉じ、それを口に深く含んだ。

それがわたしなりの愛の証しだった。

「冴子さん、好きだ……愛してる……」

わたしの髪を撫でながら、彼が言った。

わたしはゆっくりと首を振り始めた。そして、大好きな彼に第二の処女を捧げることができてよかったと、心から思った。

まだ閉じ切らない肛門から、生温かな液体がとろりと流れ出たのがわかった。

ヴァギナ

膣《ちつ》は男性器を受け入れるための器官であり、出産時に使用される器官でもある。けれど、この世に生を受けて50年の時間が経過した今も、わたしはそれらの目的のためにその器官を使ったことはなかった。

初めて膣に男性器を挿入される時には、息が止まるほどの激痛があるらしい。だが、性行為を何度か繰り返していくうちに、やがてその痛みは徐々に薄れて行き、代わりに、目眩《めくるめ》くような快楽が訪れるのだという。

目眩くような快楽——。

それはどういうものなのだろう？

興味がまったくない、と言ったら嘘になる。けれど、わたしが男に体を許そうと思ったことは、かつて一度もなかった。

わたしにとっての性行為とは、男という性に征服され、支配されることだった。男という粗暴《そぼう》な生き物に力ずくで押さえ付けられ、硬直した男性器で肉体を荒々しく貫かれ、哀《あわ》れな悲鳴を上げさせられることだった。

そんな屈辱を受け入れるわけにはいかなかった。わたしは男と対等でありたかった。男に負けたくない。男にバカにされたくない。男に見くびられたくない。

物心《ものごころ》ついてから、わたしはいつもそう思っていた。わたしがそんなふうに思うようになったのは、おそらくは母のせいだった。

わたしには二つ違いの兄と、やはり二つ違いの弟がいる。母は兄と弟の教育にはとても熱心だった。けれど、わたしの教育にはほとんど関心を抱いていなかった。

その理由は、わたしが女だからだ。

「女はいい人と結婚すれば、それで幸せになれるけれど、男はそうはいかないから」

母は口癖のようにそう言っていた。

母は嫌がる兄と弟を、有名な進学塾に無理やり通わせていた。けれど、わたしがその塾に入りたいと言った時には、「お金がもったいないわね」と言った。

わたしはカッとした。女に生まれたというだけで、どうしてそんな差別を受けなければならないのかが理解できなかった。

母に反発するかのように、わたしは猛烈に勉強をした。その結果として、わたしの成績はいつも学年でトップクラスだった。

けれど、母は相変わらずだった。わたしが都内の有名大学に合格した時も、大学を優秀な成績で卒業して大手自動車会社に入社した時も、母は褒めてくれなかった。

母は不愉快な人だった。けれど、新卒で入社した自動車会社はもっと不愉快だった。わたしは第一線の仕事に携わりたかったのに、あろうことか、会社はわたしを本社の受付カウンターに座らせたのだ。

「君みたいに綺麗な子が受付にいると、会社も鼻が高いよ」

いつだったか、受付の前を通りかかった社長が、嬉しそうにわたしに言った。

そう。わたしは綺麗なのだ。ほっそりとしていて、スタイルも抜群《ばつぐん》なのだ。それは昔からわかっていた。

けれど、『綺麗だ』と言われても嬉しくはなかった。容姿なんかではなく、わたしは実力で男と張り合いたかったのだ。

わたしは何度も会社に異動を申し入れた。だが、会社はその訴えを聞き入れてくれなかった。しかたなく、わたしは辞表を出した。

それからのわたしは、いくつかの会社を転々とした。けれど、どの会社でもわたしに与えられた仕事はバカバカしいものだった。当時の日本ではまだ、若い女は『職場の華』程度にしか考えられていなかったのだ。

ある会社の人事部長はわたしに、「君って、見た目と違って、すごく気が強いんだね」と言った。別の会社で上司だった男は、「添田《そえだ》さんは余計なことはせず、黙ってニコニコしていてくれればいいんだよ」と、困ったように言った。ある中小企業の社長秘書をしていた時には、社長がわたしに愛人にならないかとしつこく迫って来た。

わたしは会社に期待するのをやめた。そして、自分自身で事業を興した。ヨーロッパで買い付けたワインを輸入する会社だった。

会社の経営というのは、わたしが想像していたより遥かに大変だった。資金繰りに窮《きゅう》したり、販売網を確保できなかったりで、何度もくじけそうになった。

けれど、わたしはくじけなかった。

男に負けたくない。男にバカにされたくない。男に見くびられたくない。

わたしを支えていたのは、その一念だった。

ほとんど休みも取らず、寝る時間さえ惜しんで、わたしは働いた。働いて、働いて、働きまくった。やがて会社の経営は、少しずつ、少しずつ軌道《きどう》に乗っていった。

そんなふうにして、わたしは20代を過ごし、30代を過ごし、40代を過ごし……ふと気がつくと、いつの間にか50歳になっていた。

そのあいだには何人か、心をひかれるような男とも出会った。わたしに求婚して来た男もいたし、『この人と一緒にいたら楽しいかな』と思わせるような男もいた。女として生まれたからには、赤ん坊を産んでみたいと思ったこともあった。

けれど、結局、わたしは誰とも付き合わなかった。

その理由のひとつは仕事だった。わたしは会社を守ることに忙しくて、恋愛どころではなかったのだ。

けれど、本当の理由は……性交という行為への嫌悪《けんお》からだった。

そう。50歳になった今も、わたしは相変わらず、その行為を、男に凌辱され、支配され、征服されることだと考えていたのだ。

けれど、この1カ月のあいだに、わたしの長年の信念は大きく揺らぎ始めた。

島崎耕太郎《しまざきこうたろう》はわたしの部下のひとりで、ちょうどわたしの半分の年の25歳だった。彼は新卒で入った総合商社を辞め、わたしの会社に入社した。商社にいた頃の彼は、フランスワインの輸入に携わっていた。

履歴書を携えて社を訪れた彼に初めて会ったのは、今から半年ほど前のことだった。彼は笑顔が魅力的な、爽やかな好青年だった。けれど、その時は特別な感情は抱《いだ》かなかった。ただ、商社での経験が、わたしたちの仕事の役に立つと期待しただけだった。

わたしの期待は的中した。いや、彼の活躍はわたしの期待を遥かに上まわるものだった。彼が持ち込んだノウハウで、会社の利益は飛躍的に伸びていったのだ。

そのご褒美《ほうび》として、わたしは彼を行きつけのフランス料理店に招待した。部下を個人的にもてなすのは初めてのことだった。

今から1カ月ほど前、六本木にあるフランス料理店の窓辺のテーブルに向き合って、わたしは彼と食事をした。

その晩、店はとても混んでいた。わたしは何度もほかのテーブルを見まわした。ほかの客たちの目に、自分たちがどんなふうに映っているかが気になってしかたなかったのだ。

母親と息子だと思っているのだろうか？　それとも、若い愛人を連れた金持ちのマダムのように見えているのだろうか？

けれど、彼のほうは何も思っていないようだった。ハンサムな顔に人懐《ひとなつ》こそうな笑みを浮かべ、身振り手振りを交えて、彼は仕事での失敗談をわたしに夢中で話していた。

こんなに無邪気《むじゃき》に笑う子だったんだ。

彼の笑顔を見ているうちに、自分の中にかつて経験したことのない感情が湧き上がって来た。だが、その感情が何なのか、あの時のわたしには、まだよくわからなかった。

食事が終わりに近づいた頃、彼がわたしに、ためらいがちにこう言った。

「添田社長……あの……僕と付き合っていただけませんか？」

その言葉はわたしを驚かせた。

「島崎くん、バカな冗談はやめて」

彼を睨《にら》みつけ、強い口調でわたしは言った。からかわれているのだと思ったのだ。

「冗談でこんなことは言いません。僕は本気です。僕は社長が好きなんです」

わたしを真っすぐに見つめて彼が言った。

かつてないほど激しく胸が高鳴っていた。けれど、それは不快ではなかった。

しばらく考えた末に、わたしは彼の求愛を受け入れた。

そうなのだ。わたしは自分が彼を好きだということに気づいたのだ。

それからのわたしたちは、会社が終わると、ほかの社員に気づかれないように、毎夜のように外で待ち合わせた。そして、食事をしたり、映画を見たり、買い物をしたりした。水族館や遊園地に行ったこともあった。

わたしの半分しか生きていないというのに、島崎耕太郎はとてもしっかりとしていた。それでも、無邪気で子供っぽいところもあって、それがわたしには可愛《かわい》く思えた。

それは本当に楽しい日々だった。これまで、誰とも付き合わず、肩肘《かたひじ》張って生きて来たことを後悔するほどだった。けれど……そんな楽しい時間を過ごしながらも、わたしの胸にはいつも何かが引っ掛かっていた。

そう。わたしは彼との性行為を恐れていたのだ。

ほとんど会うたびに、彼はわたしにそれを求めて来た。わたしはそのたびに、何だかんだと言い訳をつけて、それを先延ばしにして来た。けれど、これ以上、引き延ばすことはできなかった。

そして今夜、わたしたちはここにいる。港と遊園地と横浜の夜景とを一望できる、高層ホテルの最上階の一室に――。
わたしは相変わらずためらっていた。だが同時に、彼にだったら征服され、支配されていいとも思い始めていた。

部屋に入ると、彼に先に浴室を使ってもらった。そのあいだ、わたしはベランダに出て、ホテルのすぐ下で七色の光を放ちながら回転を続けている観覧車を見つめていた。

「本当にいいの？」

わたしは自分自身に問いかけた。けれど、もう後戻りできないことはわかっていた。

やがて、彼がバスローブを羽織《はお》って浴室から出て来た。わたしは彼と入れ替わりに、逃げるように浴室に入った。そして、着ているものをすべて脱ぎ捨て、下着の跡がわずかに残る全裸の体を大きな鏡に映してみた。

50歳になった今も、わたしの体にはほんの少しの衰えしかないように見えた。ウェストは相変わらずくびれていたし、胸の両側にはうっすらと肋骨《ろっこつ》も浮いていた。乳房は小さかったけれど、今もしっかりと張り詰めていた。下腹部にも贅肉《ぜいにく》はついていなかった。

「大丈夫、綺麗よ」

鏡を見つめ、わたしは頷いた。それから、浴槽《よくそう》に入り、入念にシャワーを浴びた。

少し迷った末に、下着は着けず、バスローブだけをまとって浴室を出た。彼はベッドの端に腰を下ろし、窓の外を見つめていた。

「島崎くん……」

わたしの呼びかけに彼が振り向いた。彼はすぐに立ち上がり、真っすぐにわたしに近づいた。そして、両手でわたしをぎゅっと抱き締め、わたしの口に唇を重ねて来た。

「実は、わたし……こういうこと、初めてなの。だから、優しくしてね」

口づけのあと、彼の耳元でわたしは言った。

「そうだったんですか……」

少し驚いたように彼が言った。

すぐに彼がわたしのバスローブを脱がせた。そして、わたしを優しく抱き上げ、ベッドの上にそっと下ろした。

全裸で仰向けになったわたしの体を、彼はしばらく無言で見つめていた。

「どうしてそんなに見るの?」

込み上げる恥ずかしさに、わたしは両手で胸と股間を押さえた。

「綺麗だなと思って……」

彼はバスローブを脱ぎ捨て、わたしの隣に身を横たえた。そして、剝《む》き出しになったわたしの乳首をそっと口に含んだ。

「あっ……」

思わず声が漏れた。同時に、甘美《かんび》な快楽が電流のように体を走り抜けた。


指や舌を器用に使って、彼はわたしの全身を執拗に愛撫《あいぶ》した。

「あっ……島崎くん……ああっ……」

無意識のうちに、わたしは声を漏らしていた。自分の口からそんな淫らな声が出ることが、わたしには意外だった。いつの間にか、わたしの性器は異様なほどに潤んでいた。

そして、いよいよその時が来た。

彼が男性器の先端をわたしの股間に宛てがった。わたしは思わず身構えた。

次の瞬間、かつて経験したことのない激痛が股間で爆発した。真っ赤に焼けた鉄の棒を突き立てられたかのようだった。

「痛いっ！　ああっ、いやっ！」

両脚でシーツを強く蹴《け》って、わたしは彼から逃れようとした。

けれど、それはできなかった。彼がわたしの体を羽交《はが》い締《じ》めにしていたからだ。

両腕でわたしをしっかりと抱き締めたまま、彼は腰を突き出すようにして、硬直した男性器をさらに奥へとこじ入れて来た。

「やめてっ、島崎くんっ！　痛いっ！」

身をのけ反《ぞ》らして、わたしは絶叫した。

だが、彼はやめなかった。

わたしは彼に押し開かれ、引き裂かれ、そして、ついに深々と貫かれた。

わたしを完全に貫き通すと、彼はゆっくりと腰を前後に動かし始めた。

「ああっ！　いやっ！　いやっ！」

硬直した男性器の先端が子宮を突き上げるたびに、我を忘れて、わたしは叫んだ。叫ばずにはいられなかったのだ。

それはまさに、このわたしが、男に征服され、支配された瞬間だった。

行為が終わると、彼はわたしの髪を優しく撫でた。それから、わたしの目から溢れた涙を、舌を使ってそっと拭《ぬぐ》ってくれた。

支配されたわたしは、疼《うず》くような股間の痛みに耐えながら、彼の体にしがみついた。

「社長……僕と結婚してください」

耳元で彼が囁いた。

わたしは返事をしなかった。25歳年下の男の骨張った体を抱き締めながら、天井を彩《いろど》る七色の光を見つめていただけだった。

窓の外から船の汽笛《きてき》が、低く長く響いた。

エクスワイフ

その晩、星をちりばめたように輝く夜の横浜港と、眩《まばゆ》いほどの光を放つ巨大な観覧車を見下ろすホテルの最上階の一室で——わたしはゆったりとした革製のソファに、1週間前まで自分の妻だった女と向き合って座っていた。

女はいつものように、長い栗色の髪の先を柔らかくカールさせ、整った顔にはいつものように丁寧に化粧を施していた。

「すごく素敵な部屋ね。でも……あなた、どうしてこんなところに泊まっているの？　もしかしたら、もう女でもできたの？」

戸籍上は1週間前まで妻だった女が、その大きな目でわたしを見つめ、意地悪な口調で言った。長い睫毛《まつげ》が目の下に、信じられないほど大きな影を作っていた。

女は極端にスカート丈の短い真っ白なスーツをまとい、恐ろしく踵《かかと》の高い真っ白なパンプスを履いていた。それらはどちらも、わたしの見たことのないものだった。

「いや……あの……特別な理由はないけど……狭いアパートじゃあ、息が詰まるから……何となく、広々とした部屋で気分転換をしてみたくて……」

わたしは曖昧《あいまい》な返事をした。自宅のマンションをその女に明け渡してから、わたしは狭くて薄汚れたアパートの部屋にひとりで暮らしていた。

「そうなんだ？」

わたしの顔は見ずに、女が言った。きっと今では、わたしのことになどまったく興味がないのだろう。いや……もっとずっとずっと前から、彼女はわたしに対する興味を失っていたに違いなかった。

フランスの高級ブランドのネックレスとペンダント、ピアスとブレスレットとアンクレット、そして、いくつもの指輪……いつものように、女は全身にたくさんのアクセサリーを光らせていた。それらの高価なアクセサリー類のほとんどは、わたしが彼女に買い与えたものだった。

けれど、そのほっそりとした左の薬指からは、わたしとお揃いだった結婚指輪がなくなっていた。もちろん、わたしも1週間前に、その指輪を外していた。

「あの……それじゃあ、これ……」

わたしはバッグから百万円の札束を5つ取り出した。そして、銀行からおろしてきたばかりのそれを、女のほうに突き出した。約束の慰謝料だった。

「ありがとう」

素っ気《そけ》なく言うと、女はわたしのほうに腕を伸ばした。女の指とわたしの指が、ほんの一瞬、触れ合った。けれど今では、かつてのようにわたしの心がときめくことはなかった。

紙幣の束を手にするとすぐに、女はその帯を切った。そして、すぐにその枚数を数え始めた。

「銀行からおろして来たばかりだから、ちゃんとあるよ」

苦笑いをしながら、わたしは言った。

「数えてるんだから、話しかけないで」

顔を上げずに女が言った。相変わらず、意地悪で冷淡な口調だった。

わたしはふーっと長く息を吐いた。

なぜ、わたしが慰謝料を払わなくてはならないのかは、今もよくわからなかった。この離婚にしたって、悪いのはほかに好きな男を作った彼女のほうのはずだった。

けれど、そんなことは、もうどうでもよかった。

わたしはたくさんのライバルを押しのけて、彼女を妻にすることに成功したのだ。それにもかかわらず、たったの2年半しか……いや、正確には最初の1年ほどしか……もしかしたら、それより短い時間しか……彼女の愛情を繋ぎとめることができなかったのだ。

女王陛下に目をかけてもらったにもかかわらず、その恩に報いることのできなかった僕《しもべ》——それだけでも、わたしには慰謝料を払う義務があるような気がした。

そう。彼女はどんな男に対しても——もちろん、わたしに対しても、常に絶対の権力を持つ女王陛下だった。

ほっそりとした指を器用に動かして、女は五百枚の1万円札を二度、丁寧に繰り返し数えた。

女が紙幣を数えているあいだ、わたしは女の指をぼんやりと眺めていた。女の指先では、いつものようにマニキュアを塗り重ねた長い爪が美しく光っていた。

かつて性行為の最中に、その鋭い爪がわたしの背中に甘美な痛みを植え付けたことを、わたしは意味もなく思い出した。

「確かにあるわ」

ようやく紙幣を数え終えたわたしの妻が、いや……わたしの妻だった女が言った。そしてその紙幣を、去年の結婚記念日にわたしが買ってやった高価なブランド物のバッグに無造作に詰め込んだ。

「さてと……これで本当に終わりね」

骨張った長い脚を、ゆっくりと組み替えながら女が言った。ただでさえ短い白いスカートがさらにせり上がり、筋肉質な太腿が剝《む》き出しになった。

かつて自分が、その太腿に触れる権利を独占できたと思い込んでいたことを、わたしは苦々しい気持ちで思い出した。

「そうだね。あの……終わりだね」

わたしは小さく頷いた。そして、他人《ひと》の倍はあるのではないかと思われるほど大きな、女の目をまじまじと見つめた。

何て綺麗なんだろう。

心から、そう思わずにいられなかった。

わたしという夫がありながら、不貞ばかり働いているその女を、この1年というもの、わたしは激しく憎んでいた。かつて愛した女をこれほど憎むことが可能なのかと思うぐらい、猛烈に憎んでいた。

だが、それにもかかわらず……今、わたしは彼女を心から綺麗だと思った。

「清々《せいせい》したわ」

ソファから立ち上がった女が、これまでと同じ意地悪で冷ややかな口調で言った。

わたしはかつて自分の下で、彼女の美しい顔が官能のために歪《ゆが》んだことや、その柔らかな唇から淫《みだ》らな声が切なく漏れ続けていたことを思い出した。

そうなのだ。そんなこともあったのだ。

夢は終わった。そして、わたしはとてもひどい目にあった。

今では彼女の所有物になってしまったマンションのローンを、わたしはあと三十数年にわたって払い続けていかなくてはならなかった。あの派手な結婚式に来てくれた会社の上司や同僚や、親戚や友人たちに合わす顔もなくなってしまった。この慰謝料の支払いのために、長いあいだ大切にしていた赤いポルシェも売る羽目になってしまった。

まったく、ひどい目にあった。

けれど、すべてが悪い夢だった、というわけでもなかった。

ほんの2年半のあいだではあったけれど、わたしはこの美しくて気位の高い女を――誰もが振り向くような、この女王陛下のような女を、自分だけの所有物なのだと思うことができたのだから……。

そう。少なくともその外見において、彼女は完璧だった。

人形のように整った美しい顔、長くてほっそりとした腕、尖った肩と浮き上がった鎖骨、大きくはないが形のいい乳房、どこに内臓が入るのだろうと思うほどにくびれたウェスト、皮下脂肪のまったくない下腹部、身長の半分以上を占める長い脚……女の肉体には付け加えなければならないところも、削らなければならないところもまったくなかった。

「それじゃ、帰るわ」

そう言うと、女は背筋を伸ばしてドアに向かった。毛足の長いカーペットに、女の履いたパンプスの細くて高い踵が沈み込むのが見えた。

「あの……亜里紗《ありさ》……ちょっと、待ってくれないか？」

ドアに手をかけた女を、わたしは呼び止めた。

「なあに？」

女が振り向き、長い髪が肩の周りに、ふわりと柔らかく広がった。

「あの……亜里紗……これ……」

わたしは自分のバッグから百万円の束を、新たにひとつ取り出して女に示した。

「何それ？　もっとお金をくれるの？」

アイラインで縁取られた大きな目を見開き、わたしが手にした3つの札束を見つめて女が言った。相変わらず、冷ややかな口調だったけれど、彼女の目は怪しく光っていた。

「まあ……そうなんだけど……あの……条件があるんだ？」

「条件？」

札束を見ている女の目を、わたしはじっと見つめた。そして、数日前からずっと考え続けていたことを言おうとした。

「あの……この三百万を亜里紗に払う。だから……あの……今夜……わたしに亜里紗を買わせてくれないか？」

「わたしを買う？」

女が首を傾《かし》げてみせた。その整った顔には、訝《いぶか》しげな表情が浮かんでいた。

「そうだ。この三百万で、亜里紗を買いたいんだ」

極端に短いスカートからスラリと伸びた女の2本の脚を見つめて、わたしは繰り返した。

ふと、今では毎夜のように彼女の肉体を愛撫しているはずの男のことを考えた。

かつてわたしの所有物だったあのマンションの部屋で、彼女は早くも別の男と暮らし始めているらしかった。

「わたしを買うって……それは、もう一度やらせろっていう意味？」

わたしを見る女の目は、軽蔑と敵愾《てきがい》心とに満ちていた。それはいつも、わたしをたまらなく苛立たせたあの目つきだった。

「いや、そうじゃない……あの……そうじゃないんだよ」

「だったら……何なの？」

「あの……亜里紗を……あの……鞭《むち》で打つんだよ」

数日前からずっと考え続けていたことを、わたしはついに言った。

そう。わたしはかつて自分の妻だったその女を——わたしの女王だったその女を——鞭で打ち据えたかったのだ。この数日、わたしはそのことばかり考えていたのだ。だからこそ、金がないにもかかわらず、今夜、こんな豪華な部屋を予約したのだ。

この2年半、不貞を働き続けることで、彼女はわたしを悩ませ続けて来た。だから今夜、わたしはどうしても、罰としてその女を鞭打ち、哀れな悲鳴を上げさせたかった。最後の最後に、たとえ金を払ってでも、罪に対する罰を与えたかった。

数秒の沈黙があった。

女にはわたしが口にした言葉の意味が、すぐには理解できなかったようだった。

大きな窓の外にわたしは視線を泳がせた。そして、そこに広がる横浜港の夜景をぼんやりと眺めた。

すぐそこにある巨大な桟橋《さんばし》に、とてつもなく大きな白い客船が停泊していた。船体に並んだ無数の窓の光が、鏡のような海面に映って揺れていた。七色の光を放つ大観覧車は、相変わらずゆっくりと時計まわりの回転を続けていた。もう夜も更けたというのに、港に面した遊園地からは、今も時折、若い女たちの甲高《かんだか》い嬌声が聞こえて来た。

「あなたが、わたしを……鞭で打つ？」

戸惑ったように女が言い、わたしは窓の外から室内に視線を戻した。

女はわたしの顔をまじまじと見つめていた。その美しい顔には、かつて見たことがないほどに、あからさまな軽蔑の表情が浮かんでいた。

「そうだよ……あの……三百万払うから……だから……わたしに亜里紗を、鞭で打たせてほしいんだ」

怖《お》ず怖《お》ずとした口調で、だが、ためらわずにわたしは言った。

「あなた……本気なの？」

その美しい顔に、挑発的な笑いを浮かべて女が訊《き》いた。「そんなことが……あなたに、できるのかしら？」

女を鞭で打ち据える——。

もちろん、わたしにはそんな経験はなかった。それどころか、2年半に及ぶ結婚生活の中で、わたしが妻に暴力を振るったことはなかった。ヒステリーを起こした妻にぶたれたことは何度もあったけれど、ただの一度だってやり返したことはなかった。

けれど、今夜はやるつもりだった。わたしの人生を目茶苦茶にした憎い女に、どうしても鞭打ちの罰を与えるつもりだった。

「ああ、やるよ……わたしはやりたいんだ……亜里紗をベッドに縛り付けて、亜里紗が泣き叫んで許しを乞《こ》うまで、鞭で叩きたいんだよ」

女を見つめて、わたしは言った。

その瞬間、妖精のような女の顔に、微かな怯《おび》えが浮かんだ。覚えている限り、そんな女の顔を見るのは初めてのことだった。

「どうするんだい？　三百万で打たせてくれるのかい？　それともこのまま、金を受け取らずに帰るかい？」

少し強い口調でわたしは訊いた。その女に対して、そんな口調でものを言うのは初めてかもしれなかった。

顎《あご》をヒクヒクとさせて、女はわたしの目を見つめ返した。女が強く奥歯を噛み締めているのがわかった。

この提案を受け入れるべきか、それとも拒むべきか……たぶん女は頭の中で、激しく損得勘定をしているのだろう。

だが、女がわたしの提案を受け入れることはわかっていた。たとえ1億円のマンションを自分のものにしようと、五百万円の慰謝料を手に入れようと、この女が目の前の現金を拒めないということは、わたしがいちばんよく知っていた。

そうなのだ。この女は金の亡者なのだ。今になって思えば、彼女がわたしとの結婚を決意したのだって、金銭が目当てに違いなかった。一介のサラリーマンではあったけれど、当時のわたしは大学の同級生の中では群を抜いて稼いでいたのだから。

なおもしばらく、女はわたしの目を見つめていた。だが……やがて、3つの札束に手を伸ばした。

思ったとおり、女は餌に食いついたのだ！

「いいよ。好きにしなさいよ」

ルージュに輝く唇を動かして、憎々しげに女が言った。そして、手にした札束を、そのままバッグに押し込んだ。


わたしは自分のズボンから黒革のベルトを引き抜いた。

部屋の中央の巨大なベッドでは、白いレースのショーツと、白いハイヒールパンプスだけを身につけた女が、水面に浮かぶアメンボウのように、両腕両脚を大きく広げて俯《うつぶ》せになっていた。女の手首とアキレス腱の浮き出た足首は、バスローブの紐《ひも》でベッドの四隅の柱に、それぞれがっちりと縛り付けられていた。

ベッドの足元に立ち、わたしは大の字に磔《はりつけ》にされた女を見つめた。白い半透明のショーツの向こうに、女の尻の割れ目がくっきりと透けて見えた。上を向いたパンプスの裏には、小さな金色のブランドのロゴが刻み付けられていた。

「あの……それじゃ始めるよ」

わたしは言った。そして、手にしたベルトを何度か軽く振り下ろしてみた。

ベルトが風を切る、ヒュン、ヒュンという音が、静かな室内に冷たく響いた。その不気味な音に、わたし自身が怯えた。

女は返事をしなかった。振り向きさえしなかった。ただ、ベルトが唸《うな》った瞬間に、毎日のようにスポーツクラブで鍛え上げている体を、ほんの少し震わせただけだった。

わたしはこれから、かつてかしずいていた女王を――今では憎くてしかたない女王の美しい裸体を――黒い革のベルトでしたたかに打ち据えるのだ。肩甲骨の浮き出た背中を……細くくびれたウェストを……小さくて丸い少女のような尻を……筋肉の張り詰めた太腿やふくら脛《はぎ》を……嫌というほど打ち据えるのだ。そして、女王に悲鳴を上げさせ、女王の口から許しの言葉を吐かせ、女王の目から大粒の涙を流させるのだ。

できるのだろうか？　本当にわたしにできるのだろうか？

知らぬ間に汗ばんでいた右手を、わたしはズボンに強く擦り付けた。その手が細かく震えているのがわかった。

けれど、わたしはやるつもりだった。今となっては、やらずに済ませることなど、絶対にできなかった。

汗を拭った手でベルトを再び握り締めると、わたしはその腕を頭上に高々と振りかざした。そして、贅肉のまったくない女の背の中央を見つめて革ベルトを振り下ろした。

ヒュン。

ベルトが風を切って鋭く唸った。そして次の瞬間、ビシッという大きな音を立てて女の背を打ち据えた。

瞬間、白く滑らかだった女の背中に、真っ赤な線がくっきりと刻まれた。ほぼ同時に、ベッドに磔にされた女の体が弾むように跳ね上がり、マニキュアの光る指が純白のシーツを強く握り締めた。

凄まじい痛みが、女を苛《さいな》んでいるのは明らかだった。皮下脂肪のほとんどない背や腕や腿にはくっきりと筋肉が浮き上がり、全身が痙攣《けいれん》でもしているかのようにヒクヒクと震えていた。

痛くないはずがなかった。

けれど、女の口からは、ほんのわずかな悲鳴も、ほんの微《かす》かな呻《うめ》きも漏れなかった。

なぜ叫ばない？　なぜ呻かない？

そう思いながら、わたしは再び腕を頭上に振り上げた。そして、小さな尻を申し訳程度に覆《おお》った白いレースのショーツに、今度はさっきより力を込めて、黒革のベルトを振り下ろした。

ヒュン。バシッ。

打ち下ろされた黒革のベルトは、薄っぺらなショーツを斜めに横断するかのように、女の左の腰から右の腿の付け根にかけての皮膚に真っ赤な線を刻み付けた。

直後に、女の細い体がよじれるように悶《もだ》え、栗色に染められた美しい髪が振り乱された。ベッドの四隅の柱に繋がれたバスローブの紐がギシギシと音を立て、再び女の肉体に筋肉が浮き上がった。

けれど、やはり――かつてわたしの妻だった女の口からは、微かな悲鳴さえ漏れることはなかった。

女が声を上げないことに、わたしは苛立った。同時に、うろたえもした。

その女はいつだって、わたしの期待を裏切るのだ。いつだって、わたしの思うようにはならないのだ。これまでも、いつもそうだった。主導権はどんな時だって、その女の手中にあるのだった。

「亜里紗……どうして泣かないんだ？　どうして叫ばないんだ？」

妻だった女にわたしは問いかけた。

けれど、女は返事をしなかった。振り向くこともなかった。

激しく苛立ち、猛烈にうろたえながらも、わたしはまたベルトを頭上に振り上げた。そして、「叫べっ!」とヒステリックに怒鳴《どな》りながら、ベッドに俯せに縛り付けられた女の裸体に、渾身《こんしん》の力を込めて腕を振り下ろした。

ヒュン。バシッ。

ベルトが打ち据えられると同時に、女の体が反射的に悶え、尖った肩や小さな尻がブルブルと細かく震えた。体の下敷きになった乳房が、空気の詰まったゴムボールのように歪んでいるのがわかった。

けれど、それでも、女は悲鳴を上げなかった。泣き声を漏らすことも、振り向いて許しを乞うこともなかった。

わたしは手を止め、唇を強く嚙み締めた。

そうなのだ。この女にはわかっているのだ。泣き叫ぶことはわたしを喜ばせることだとわかっていて、それで、悲鳴を上げまいとしているのだ。

わたしはさらに強く唇を嚙み締めた。いつものように、敗北感が込み上げて来るのがわかった。

いつもなら、これでわたしの負けだった。けれど……今夜のわたしは、いつものわたしではなかった。

そうなのだ。今夜のわたしはいつものわたしではないのだ。

わたしにはもう失うものなど何もないのだ。もうこの女に嫌われまいとする必要もなければ、ご機嫌を取ろうとする必要もないのだ。

やがてわたしの中に、新たな力が湧き起こった。

新たな力——それは自暴自棄になった者だけが持ち得る、特別な感情だった。捨て鉢の、破れかぶれの感情の爆発だった。

わたしは決意した。その瞬間、ためらいや自制心が完全に消失した。

そっちがその気なら、こっちだって……。

「亜里紗……お遊びはこれまでだ」

俯せに磔にされた女の背を見つめて、わたしは冷たく言い放った。「覚悟しろ、亜里紗。わたしは亜里紗が失神するまで……いや、失神したあとも……もしかしたら、亜里紗が死んでしまうまで打ち続けるつもりだからな」

だが、もちろん、女は何も言わなかった。

白く美しかった女の背には、今では真っ赤な3本の線がくっきりと刻み付けられていた。けれど、そのことによって、女の肉体はさらに美しくなったようにさえ見えた。

そう。罪深いその女王には、鞭によるその傷がよく似合っていた。

たぶん、凄まじい痛みに必死で耐えているせいだろう。女の皮膚は噴き出した汗で、オイルを塗り込めたかのようにつややかに光っていた。

わたしはふと、新婚旅行でタヒチの最高級ホテルに滞在していた時のことを思い出した。そのホテルのプライベートプールのビーチチェアで、自分が毎日のように、ビキニの妻の肩や背に、この手でサンオイルを塗ってやっていたことなどを――。

ああっ、そんなこともあったのだ。

だが、もはや、感傷の気持ちは起こらなかった。わたしの中にあるのは、強い怒りと、憎しみだけだった。

もっと傷つけてやる。もっともっと目茶苦茶にしてやる。

わたしは再びベルトを振り上げた。そして、これまで以上の力を込めて、女の体に立て続けに振り下ろした。

骨張った女の肩に……華奢《きゃしゃ》な背中に……引き締まった二の腕に……くびれたウェストに……翼のような形をした肩甲骨に……レースのショーツに覆われた小さな尻に……筋肉の

張り詰めた太腿やふくら脛に……「叫べっ！」、「叫べっ！」と繰り返しながら、まるで何かに憑《つ》かれたかのように、わたしは黒革のベルトを振り下ろし続けた。

白く滑らかだった女の裸体は、たちまちにして何本もの真っ赤な線で覆われた。そのうちのいくつかは皮が擦り剝けて傷になり、いくつかの傷からは血の粒が噴き出した。

「叫べっ、亜里紗っ！　叫べっ！　叫べっ！」

息を切らせ、汗まみれになりながら、わたしは夢中でベルトを振り下ろし続けた。

黒革のベルトが振り下ろされるたびに女の体に新たな傷が刻まれ、そのたびに汗に濡れた女の全身が震え、よじれ、シーツに押し付けられた顔の隙間からくぐもった呻きが漏れ聞こえた。

だが、それだけだった。どれほど激しく打たれても、女は悲鳴を上げなかった。

「畜生っ……どうして叫ばないんだっ？　どうしてなんだっ？」

激高《げっこう》したわたしは、アメンボウのような姿勢でベッドにくくり付けられた女の頭のほうにまわった。そして、つややかに光る女の髪を、乱暴に鷲摑みにして顔を上げさせた。もしかしたら、すでに女が失神しているのではないかと思ったのだ。

けれど、女は失神などしてはいなかった。

わたしを見る女の目は充血して微かに潤《うる》み、汗にまみれた顔は怒りと憎しみとに歪んでいた。だが、女は泣いてはいなかったし、怯えてもいなかった。

「どうして叫ばないんだ？　どうして泣かないんだ？」

わたしは怒鳴るように言った。

そんなわたしを下から睨《にら》みつけ、女が顔を歪めるようにして笑った。

そうだ。女は泣くどころか、笑ったのだ。

シーツに押し付けられていたせいで化粧が崩れてはいたけれど、それでもやはり、女は美しかった。いや、苦痛と怒りと憎しみに満ちたその顔は、今までより遥かに美しく、これまでに見たことがないほどに官能的だった。

「お前なんかのために泣くかよ、バカっ！」

吐き捨てるように女が言った。


怒りと憎しみのこもった目でわたしを見つめ、女がさらに言葉を続けた。

「お前は最低の男だよ。お前のことなんか、最初から好きじゃなかったんだよ。好きだったことなんか、ただの一度もないんだよっ！」

女の言葉は、わたしをさらに激高させた。

「畜生っ……バカにしやがって……」

呻くようにわたしは言った。そして、その時、わたしは自分が、かつてないほど性的に高ぶっているということに気づいた。

そうなのだ。妻だった女を打ち据えながら、わたしは性的に興奮していたのだ。かつてその女と性交をしていた時のように……いや、その何倍も強く、わたしは性的な高ぶりを覚えていたのだ。

次の瞬間、わたしはベッドに飛び乗り、ズボンのファスナーを下ろした。そして、すでに硬直していた男性器を引っ張り出し、俯せになった女の鼻先にそれを突き付けた。

「咥《くわ》えろっ！」

女の髪を鷲摑みにしてわたしは命じた。

けれど女は顔を背け、バカにしたように鼻を鳴らして笑っただけだった。

「咥えろっ！」

わたしは繰り返し、女の顔に男性器を擦り付けた。痛いほどに硬直した男性器は、その先端から粘り気のある透明な液体を分泌していた。

「引っ込めないと、食い千切《ちぎ》るぞっ！」

唇を光らせて笑いながら、憎々しげな口調で女が言った。その唇の端には、栗色に光る

20本ほどの髪が束になって張り付いていた。

「畜生っ……」

わたしは奥歯を嚙み締めた。悔しくてたまらなかったのだ。

「あと百万出しなよ。そうしたら、咥えてやってもいいよ」

ベッドに俯せに磔にされたまま、亀のように首をもたげてわたしを見上げ、挑発するかのように女が言った。

「何だって……あと百万だって……」

「ああ、そうだよ。あと百万出せば、咥えてやるよ」

相変わらず憎々しげな口調で女が言った。

女の髪を鷲摑みにしたまま、わたしは思案を巡らせた。

その女のひどい浪費癖のせいで、今ではわたしは経済的にひどく追い詰められていた。この2年半、妻に振りまわされ続けていたせいで仕事にも身が入らず、会社での評価も報酬も激減していた。

そんなわたしにとって、百万円は安い額ではなかった。

「どうするんだよ？　百万出すのか、それとも出さないのか？」

髪を鷲摑みにされた女が、吐き捨てるように言った。「もし、出す気がないんなら、その汚らしいものをさっさと引っ込めな！」

いつだってそうなのだ。いつだって、この女はわたしをせかし、焦らせるのだ。

だが、自暴自棄になっていたわたしは、もう迷いはしなかった。いや……もう冷静に考えることができなくなっていたのだ。

「百万でいいんだな。よし……」

わたしはベッドから下りると、部屋の隅のテーブルに向かった。そして、そこに置いたバッグの中から、銀行からおろしてきた最後の百万円の札束を鷲摑みにした。

それが、わたしの持っているほとんどすべての現金だった。今日のために、ほぼ全額を引き出した口座には、もう数百円しか残っていないはずだった。

だが、もはやわたしはためらわなかった。

「ほら……これでいいんだな？」

札束を持って女のところに戻ると、わたしはそれを女の顔の脇へ叩きつけるように置いた。そして、再びベッドに飛び乗り、女の鼻先に男性器を突き出した。

相変わらず、女は無言のままだった。ただ、顔の脇に置かれた札束に、ちらりと視線をやっただけだった。

けれど、取引が成立したのは確かだった。その証拠に、再び鼻先に男性器が突き付けられても、女は今度は顔を背けなかった。悔しそうに顔を歪めたが、それだけだった。

「さあ、咥えろ、この淫売《いんばい》！　今すぐに咥えろ！」

怒鳴るようにわたしは命じた。

彼女に対して、わたしがそんな汚い言葉を吐いたのは、たぶんそれが初めてだった。


かつて妻だった女が、憎しみに顔を歪めてわたしを見た。

「亜里紗、金が欲しいんだろ？　だったら、もたもたせずに咥えろよ」

勝ち誇ったかのようにわたしは言った。

女はなおもしばらく、悔しそうに顔を歪めていたが……やがて、たっぷりとマスカラの施された大きな目を諦めたかのように閉じた。それから、ルージュの光る唇を開き、そして、ついに……硬直した男性器に唇を被《かぶ》せた。

その瞬間、かつて経験したことのない猛烈な快楽が、わたしの下半身で暴力的に膨れ上がった。

その女にオーラルセックスをさせるのは、それが初めてではなかった。だから、彼女が、とてつもなくうまくするということは知っていた。だが、2年半の結婚生活の中で、わたしが実際にそれをしてもらったことは数えるほどしかなかった。

「やっぱりやったな。やると思ったよ……亜里紗には金がすべてなんだもんな……亜里紗は金のためにならら何でもする女だったもんな」

その口に男性器を深々と含んだ女を見下ろして、わたしは憎まれ口を叩いた。そして、つややかな栗色に光る女の髪を、再び両手でがっちりと鷲摑みにした。


妻だったその女に最後にそれをしてもらった時のことを、ふと思い出した。

あれは半年ほど前のことだった。深夜までオフィスで残業をしていたわたしのところに、女が電話をして来たのだ。

「ねえ、車で迎えに来て」

甘えた声で女が言った。かなり酔っているようだった。

それでわたしは仕事を打ち切り、西麻布にあるイタリア料理店に車で女を迎えに行った。

「本当に来てくれたのね。嬉しい」

ワインのにおいのする息を吐いて言うと、女はわたしの腕に縋《すが》り付いた。そんなことをしてもらうのは、本当に久しぶりだった。

居合わせた友人の女性たちに挨拶をしたあとで、わたしは彼女を助手席に乗せて自宅に向かった。

「ねえ……なめてあげようか？」

家に戻る途中で、助手席の女が急にそう言った。そして、ズボンの上からわたしの股間を優しく撫で始めた。

「家に着いてからじゃダメかい？」

「ダメ。今じゃなきゃ、もうしてあげない」

わたしの股間を愛撫しながら女が笑った。

わたしは戸惑った。わたしたちの車は、複雑なカーブを繰り返す首都高速道路を時速百キロで疾走中だった。

「もし運転を誤ったら、ふたりとも即死だよ」

「頑張って。信頼してるわ」

潤んだ目でわたしを見つめて女が言った。

その誘惑に逆らうことは難しかった。わたしの性器はすでに、痛いほど硬直していた。

「それじゃあ……頼むよ」

ハンドルを握りしめて、わたしは言った。

わたしを見つめて妖艶に笑うと、女は身を屈め、わたしの股間に顔を伏せた。そして、ズボンから引っ張りだした男性器を深々と口に含んだ。

窮屈に首をもたげて男性器を口に含んだ女が、リズミカルに顔を上下に振り動かし始めた。豊かな髪の中で、派手なピアスがせわしなく揺れた。唇と舌と前歯による刺激を受けた男性器が、一段と強く硬直した。濡れた唇と男性器が擦れ合う、淫靡《いんび》な音がした。

「亜里紗は金のためになら、自分の父親とだってやるような女だもんな。自分の兄貴とだってやるんだもんな」

顔を振り続ける女を見下ろし、わたしはさらに言葉を続けた。憎まれ口を吐くたびに、胸のつかえが下りていくような気がした。

もちろん、口をふさがれた女には答えるすべがなかった。だが、女の中では凄まじい憎しみが、炎のように燃え上がっているのがはっきりと感じられた。

憎しみを燃え上がらせているのはわたしだって同じことだった。わたしも女に負けないほどに、激しい憎しみをたぎらせていた。

そう。今、憎しみと憎しみが激突しているのだ。

「亜里紗、そんないい加減なやり方で百万も稼ぐつもりじゃないだろうな」

男性器を含んだまま、顔を上下に振り続ける女に向かって、わたしは言った。「本当のフェラチオはどうやってやるものなのか、これからわたしが教えてやるよ」

言いながら、わたしは手の中の女の髪を、さらに強く――抜けるほど強く握り締めた。そして、女の頭部をさらに強く、さらに激しく、さらに速く、上下に振り動かした。痛いほどに硬直した男性器の先端が、ヌルヌルとした女の喉《のど》の奥を勢いよく突き上げるのがわかった。

「うむうっ……うむっ……うむうっ……」

口をふさがれた女が、くぐもった呻きを漏らした。その苦しげな呻きが、わたしをさらに高ぶらせた。

苦しめっ！　苦しめっ！　もっと苦しめっ！

女王陛下だった女の口を荒々しく凌辱《りょうじょく》し続けながら、わたしは苦痛に歪んだ女の横顔を見つめた。そして、さらに激しく女の顔を上下に打ち振り、男性器の先端で女の喉を突いた。突いて突いて突きまくった。

女の唾液に濡れた男性器が、とてつもなく淫靡な音を立てながら、すぼめた女の口から出たり入ったりしているのが見えた。細く描かれた女の眉のあいだには、深い皺が縦に1

本刻まれていた。尖った女の顎の先からは、唾液が絶え間なく滴り落ちていた。

わたしはさらに強く女の髪を握り締め、さらに激しく女の顔を振り動かした。

「うむうっ……うむっ……ぐっ……げっ……」

喉を突かれた女が激しく噎《む》せ、嫌々をするかのように首を左右に振った。そして、口の中のものを吐き出そうとした。

けれど、わたしはそれを許さなかった。それどころか、女の髪をこれまで以上に強く摑み、その喉の奥に男性器をこれまで以上に乱暴に突き入れたのだ。

「うむうっ……うむっ……うむうっ……むうっ……」

硬直した男性器が喉の奥を突くたびに、女はくぐもった呻きを漏らし、華奢な体を苦しげによじり、細い指でシーツを握り締めた。

自暴自棄でその場限りの快楽が——だが、彼女を本気で愛していた時には一度として経験したことがないほど凄まじい快楽が——わたしの全身を侵《おか》していくのがわかった。

いったい、どれくらいのあいだ、女の口を犯しつづけていただろう？　いったい何十回、いや何百回、女の顔を上下に振り動かしていたのだろう？

やがて……わたしは込み上げる快楽に全身を震わせた。そして、ついに女の口の中に熱い大量の体液を放出した。

「飲め、亜里紗……口の中のものを一滴残らず飲み干すんだ」

奴隷に命令を下す奴隷主のような気分で、わたしは女にそう命じた。それから、女の口から唾液に濡れた男性器をゆっくりと引き抜いた。

女の唾液にまみれた男性器は、相変わらず硬直したまま、ヒクヒクとした痙攣を続けていた。

しっかりと口を閉じたまま、悔しそうに女がわたしを見上げた。その大きな目が真っ赤に充血し、涙で潤んでいた。マスカラとアイラインが滲《にじ》んで、女の目の周りはまるでパンダのようになっていた。

やがて女が口の中の精液を飲み下した。

白い喉が上下に動き、コクン、コクンという小さな音が、わたしの耳に二度届いた。

口の中の精液を女が飲み下したのを確認したあとで、わたしは女の手首を縛った紐を解き、続いて足首の紐を解いた。

女の手首と足首には、ひどい擦り剝き傷ができ、そこから血が滲んでいた。右の手首の傷は特にひどくて、皮が大きく擦り剝けていた。

拘束を解かれた女は、無言のままベッドに身を起こした。そして、ふらふらと床に立ち上がり、床から拾い上げたブラジャーを着け、傷だらけの体の上にスーツを着込んだ。

「亜里紗……」

呟《つぶや》くように、わたしは女の名を呼んだ。

だが、女は何も言わなかった。

服を着終えると、女はわたしから受け取った九百万円の現金が詰まったバッグを無言のまま肩に掛けた。そして、ハイヒールの踵をひどくぐらつかせながら、無言のまま部屋を出て行った。

「亜里紗……」

再び呟くように、わたしは女の名を呼んだ。

だが、女はやはり言葉を発しなかった。部屋を出る時も振り向かなかった。

広々とした室内にたったひとり残されたわたしは、無言で窓の外を眺めた。

これまで必死でかき集めてきたすべてのものを失い、とてつもなく惨めな気分になっていた。だが、同時に——ついさっきの狂おしい快楽の名残に、今なお全身を震わせ続けてもいた。

そう。凄まじい憎悪が狂おしいまでの快楽を生み出すという事実を、今夜、わたしは初めて知ったのだ。

憎しみと憎しみの激突——。

そうなのだ。憎しみは快楽を生み出すのだ。憎い女を犯すことは、愛する女を犯すことの何倍もの快楽をもたらすものなのだ。

わたしは深呼吸を繰り返した。そして、札束をちらつかせて、あの女をもう一度、いや、これから何度も、この足元にひれ伏させることを考えた。

そのことのためになら、わたしはどんな惨めな境遇にも耐えていけるだろう。あの快楽のためにだけ、わたしはこれから生きていくことになるのだろう。

だから、もう幸せになりたいなどと思うまい。人並に暮らしていきたいなどと、もう決して思うまい。

いいさ。どうせわたしの人生だ。

その晩、星をちりばめたように輝く夜の横浜港と、眩いほどの光を放つ巨大な観覧車と、桟橋に停泊した白い豪華客船を見下ろすホテルの最上階の一室で——シーツの乱れたベッドを見つめながら、わたしはしみじみとそう思った。

摩天楼で君を待つ

できることなら、あの人の葬儀《そうぎ》は身内だけでひっそりとやりたかった。けれど、喪主であるわたしの意志とは裏腹に、その儀式は千人を超える人々が参列するような派手なものになってしまった。

パーティかお祭りのような2日間が終わり、わたしはひとりで自宅に戻った。

当たり前のことだけれど、広々とした家の中には、そのいたるところにあの人の持ち物があった。あの人のガウン、あの人のスーツ、あの人の茶碗、あの人の万年筆、あの人の鞄《かばん》、あの人の靴、あの人の腕時計……それを使う人は、もうどこにもいないのだ。

あの人の書斎の机に、ラクダの絵の印刷された煙草《たばこ》が置いてあるのを見つけた。

わたしはそれを手に取った。そして、それをゴミ箱に捨てる代わりに、パックから1本を抜いて口に咥《くわ》えた。煙草を口にするのは、初めてのことだった。

隣に置いてあった銀色のオイルライターで火を点《つ》ける。そっと吸ってみる。とたんに、ごほごほと激しく咳《せ》き込む。咳が終わるのを待って、また吸い込む。そして、また咳き込みながら、あの人のことを考える。

わたしたちは四半世紀以上の時間をともに暮らした。そのあいだに、あの人から『好きだ』と言われたことは一度もなかった。わたしもまた、その言葉を口にしたことはなかった。

それでも、気持ちはわかっている。

あの人はわたしが好きだった。実の娘たちより、わたしのほうが好きだった。そして、わたしも……あの人が好きだった。実の娘たちより、あの人がずっと好きだった。

あの人が死んですぐに、横浜港のすぐそばに摩天楼《まてんろう》のように聳《そび》える高層マンションに引っ越した。石川町《いしかわちょう》の家はひとりで住むには広すぎたからだ。

引っ越しの時に、あの家にあった家具の大半は処分した。あの人の持ち物も、そのほとんどを処分した。

けれど、わたしは、ベッドだけは捨てないで、このマンションに運び込ませた。

あの人とわたしが、そこで何百回も愛し合った大きなダブルベッド――それを捨ててしまうことはできなかった。

目を覚ますとショーツの中で、性器が微《かす》かに湿《しめ》っていた。いったい、どんな夢を見ていたのだろう？　50歳になったというのに、最近のわたしには時々こんなことがある。

わたしはサイドテーブルからティッシュを1枚引き抜き、ナイトドレスの裾《すそ》を下腹部までまくり上げた。そして、指をショーツの中に差し込み、脚を左右に広げるようにして潤《うる》んだ性器をそっと拭《ぬぐ》った。

「ああっ……」

思わず声が出た。そして、その瞬間、男の指の感触を思い出した。

それは四半世紀に亘《わた》って慣れ親しんだ、夫だった男のゴツゴツとした指ではなかった。そうではなく……しなやかで、滑《なめ》らかで、ほっそりとした若い男の指の感触だった。

いつもそうしているように、ベッドを出ると、わたしはカーテンをいっぱいに開け、28階の窓から地上を見下ろした。

梅雨《つゆ》どきのせいで、空は今朝も分厚《ぶあつ》い雲に覆《おお》われていたけれど、まだ雨は降っていなかった。鉛色《なまりいろ》の雲の隙間《すきま》から何本かの光の筋が、スポットライトのように横浜港を照らしていた。その光を横切るようにして、カモメたちが舞っていた。こんな天気だというのに、港に面した公園には今朝もたくさんの人々が歩いていた。

ベッドに戻ると、わたしはその背もたれに寄りかかった。そして、毎朝いちばんであの人がしていたように、サイドテーブルの上の煙草のパックを手に取った。

死んだ夫の跡を引き継ぐようにして、半年前に吸い始めた煙草。ラクダが印刷されたパックから1本振り出して口に咥えた時……サイドテーブルの電話が鳴り始めた。

煙草に火を点けるのをやめて、わたしは受話器を持ち上げた。

『おはよう、怜子《れいこ》さん、起きてた？』

耳に押し当てた受話器から若い男の声が聞こえた。

「おはよう、アキ。今起きたところよ」

『ねえ、今夜……そうだな、8時頃、行ってもいい？』

「8時頃……そうね……いいわよ」

わたしは素っ気《そけ》ない声を出した。けれど、本当は嬉しくて叫び出しそうだった。

『いいんだね？　じゃあ、8時にね』

それだけ言うと、アキは電話を切った。夫だった男と同じように、アキの電話はいつだって素っ気なかった。

受話器を元に戻すと、わたしは再びベッドの背もたれに寄りかかり、煙草に火を点けた。そして、目を閉じ、自分が次にこのベッドに横たわる時のことを思い浮かべた。ただそれだけのことで、拭ったばかりの性器が、また潤み始めるのがわかった。

最初の頃、わたしはアキのことを隠そうとはしなかった。隠し事をするのは大嫌いだったから。だから何人かの友人は、わたしが25歳の男と付き合っているのを知っている。わたしの妹も娘たちもそれを知っている。

ひとりぐらいは賛成してくれるのではないかと思っていた。けれど、わたしの話を聞いた女たちは、ひとり残らず顔をしかめ、ひとり残らずわたしを非難した。

「いい年して、やめてよ。みっともない」

アキと同い年の長女は、蔑《さげす》んだようにわたしを見つめた。

「お母さん、どうかしてるわ」

23歳の次女は呆《あき》れ顔だった。

48歳の妹は非難の言葉をまくしたてた。

「姉さんのしていることは、お義兄《にい》さんに対する裏切り行為なのよ。ちょっとは冷静になりなさいよ。その男は姉さんのお金が目当てなのよ。姉さんのことなんて好きでも何でもないのよ。姉さんは騙《だま》されてるだけなのよ」

そんなこと、言われなくともわかっている。

だけど、それはそれでいい。恋は盲目《もうもく》に決まってる。冷静になる必要なんてない。騙すとか騙されたとかは、どうでもいい。わたしはアキにいてほしいのだ。わたしには彼が——彼の温《ぬく》もりが必要なのだ。

みんなから非難されるたびに、わたしは夫を思い出す。

あれはいよいよ末期の頃で、あの人は口に酸素マスクを嵌《は》めていた。ベッドの下には下腹部からチューブで繋《つな》がったビニールの袋があり、そこに赤褐色《せきかっしょく》の尿が溜まっていた。

「怜子、今までありがとう。これからは、自分のために生きてくれ」

病院の最上階のいちばん広い個室のベッドの上で、あの人はかすれた声で言った。

そう。きっと夫はわたしを非難しないはずだ。あの人はわたしが幸せそうにしているのを見るのが大好きだったのだから……。

午後、簡単に化粧をしてマンションを出ると、エントランスホールの前でタクシーを拾った。伊勢佐木町《いせざきちょう》の商店街に行って食材を買い、何か料理を作るつもりだった。

もう15年近く前から、石川町の我が家には粕谷《かすや》さんというお手伝いさんが通って来ていた。だから、あの家では、わたしは掃除も洗濯も食事の支度《したく》もしたことがなかった。

けれど、今から3カ月前に、粕谷さんには辞めてもらった。ひとり暮らしのわたしにはお手伝いさんは必要ない、というのが表向きの理由だった。

けれど、本当の理由はアキだった。

我が家で働いていた15年のあいだずっと、粕谷さんは『旦那さんの成功は、奥様がいたからこそなんですよ』と、わたしの内助の功を褒《ほ》めたたえていた。

そんな粕谷さんには、アキのことを知られたくなかった。妹や娘たちと同じことを、彼女には思われたくなかった。

伊勢佐木町でタクシーを降りると、わたしは道の両側に立ち並んだ商店をゆっくりと見てまわった。八百屋《やおや》の店先に熟したトマトが積んであったのでそれを手に取った。わたしの掌《てのひら》の上で、トマトの表面が横浜の空に広がった鉛色の雲を映していた。

今夜はこれでトマトソースを作ろう。

わたしはアキがそれを食べている顔を思い浮かべた。

たったそれだけのことで、幸せな気持ちが込み上げて来た。

アキと出会ったのは、今から1年ほど前のことだった。彼がアルバイトの水泳インストラクターとして、わたしの通っているスポーツクラブに入って来たのだ。バタフライでインターハイに出たことがあるというアキは、筋肉質で、とてもしなやかな体をしていた。彼は優しくて、教え方が丁寧《ていねい》な上に、とてもハンサムだったから、一緒のクラスで水泳を習っていた中年女たちは、たちまち彼に夢中になった。

だけど、わたしは何も思わなかった。可愛《かわい》い子だと思いはしたが、それだけだった。スポーツクラブに半年ほど勤務したあとで、アキはその仕事を辞めた。そのことで、彼のファンだった女たちは、ひどくがっかりしたものだった。

あれは今から3カ月前、4月の初めの水曜日の夕方だった。横浜駅近くのエステティックサロンから出て来たわたしに、アキが「緑川《みどりかわ》さん」と声をかけて来たのだ。

「あらっ、笹山《ささやま》コーチ、お久しぶり。お元気ですか?」

彼を見上げてわたしは微笑《ほほえ》んだ。あの日のわたしはとても踵《かかと》の高いパンプスを履《は》いていたのに、そうして向かい合って立つと、彼の目はわたしのそれより遥《はる》か上にあった。

雑踏の中に佇《たたず》んで、わたしたちはしばらく、取り留めのない話をした。そのあとで彼が、「緑川さん、もしお時間があるなら、一緒にお茶でも飲みませんか?」と誘った。

その言葉に、わたしはひどく驚いた。けれど、自分の口から出た言葉は、わたしをさらに驚かせた。

「いいの? 嬉しいわ」

わたしは嬉々《きき》としてそう答えたのだ。


あの4月の午後、彼とわたしはカフェの窓際のテーブルに向かい合って座った。

服を着ている彼を見たのは、その日が初めてだった。おそらく彼もまた、水着を着ていないわたしを見たのは初めてだっただろう。スポーツクラブでの彼はいつも、小さな競泳用のパンツだった。わたしはいつも、ハイレグタイプの競泳水着をまとっていた。

やがて、トレイを抱えたウェイトレスがやって来て、「ダージリンはお母様のほうでしたか?」と訊《き》いた。若くて、化粧の濃いウェイトレスだった。

お母様――。

その言葉にわたしは愕然《がくぜん》とした。それからは、周りにいる人々がみんな、こちらを見ているような気がして落ち着かなかった。

やはり親子に見えるのだろうか？　それとも、愛人を連れた有閑《ゆうかん》マダムに見えるのだろうか？

けれど、彼のほうはそんなことはまったく気にしていないようだった。

大学を卒業後、彼は大手製薬会社に就職し、営業の仕事をしていたらしかった。だが、2年で会社を辞め、その後はいろいろなアルバイトをしながら写真の専門学校に通っているということだった。プロのカメラマンになるのが彼の夢だった。

話をしながら、彼が何度かわたしを見つめた。顔が赤くなるのを感じながらも、見つめられるたびに、わたしもまた彼を見つめ返した。

もしかしたら、あの日のわたしの目には媚《こび》が含まれていたかもしれない。若かった頃は男に媚を売ったことなど一度もない。男にだけではない。わたしは誰にだって媚を売ったことはないのだ。けれど、あの日のわたしの目には媚が浮かんでいたかもしれない。

年を取るというのは、きっとそういうことなのだ。

あの日、別れ際に、彼が「またお会いしたいな」と言って、わたしに携帯電話の番号を教えてくれた。わたしもまた、自宅の電話番号を彼に教えた。

彼と会うことは二度とないだろう。わたしはそう確信していた。わたしは50歳で、彼はちょうどその半分の25歳だった。

けれど、数日後に彼はわたしに電話をくれた。そして、「会いたい」と口にした。

彼に求められて体の関係を持ったのは、二度目に会った時のことだった。


両腕に持ち切れないほどの荷物を提《さ》げて商店街を歩いていたら、作業着をまとった男の人と擦《す》れ違った。その男の人からは、機械油のにおいがした。

そのにおいを嗅いだ瞬間、わたしはまた、夫だった男のことを思い出した。

わたしがあの人を好きだったということと、今、こんなふうに暮らしているということ――そのふたつは、わたしの中では矛盾《むじゅん》していない。

だって、あの人は死んでしまったのだ。もう、わたしに触れることはできないのだ。

わたしは生きているのだから、触れてくれる人が必要なのだ。体温を保つためのものが必要なのだ。


わたしと付き合い始めた時、夫は川崎《かわさき》の町工場の工員だった。そして、町工場の工員のまま、一生を過ごそうとしていた。当時のあの人の興味は、少しのお金と、風俗店の女たちと、安物のウィスキーだけだった。

あの人とは川崎大社《たいしや》のお祭りで知り合った。彼は何人かの同僚と一緒だった。そんな同僚のひとりが、浴衣《ゆかた》姿で歩いていた妹とわたしに、「一緒に居酒屋で飲みませんか?」と声をかけて来たのだ。

「なんだ工員か」

妹がわたしの耳元でバカにした口調で囁《ささや》いた。その頃の妹には医大生の恋人がいた。けれど、あの人の顔を見た瞬間、わたしはときめいた。

そう。それはまさに一目ぼれだった。

あの人はハンサムでもなかったし、知的でもなかった。それどころか、粗野《そや》で下品で、がさつそうだった。それにもかかわらず、わたしはときめいた。そして、尻込みする妹を説得し、あの人たちと居酒屋に行ってお酒を飲んだ。

その直後に、わたしはあの人と付き合い始めた。

あの頃、両親はわたしの結婚を望んでいて、いくつもの見合い話を持って来ていた。相手はみんな医師や医大生だった。そんな見合いの話を、わたしはいつも断っていた。だから、わたしがあの人との結婚を考えていることを、両親は喜ぶかもしれないと思った。

けれど、そうではなかった。両親は猛反対したのだ。目黒で産婦人科の医院を経営していた父は、「そんな男と一緒になるなら、親子の縁を切る」と怒鳴《どな》った。内科の開業医の娘として生まれ育った母は、「もっとちゃんとした人と結婚して」と泣いた。

けれど、両親の反対は、わたしたちの結婚の妨《さまた》げにはならなかった。

今から26年前の春、わたしはあの人と結婚し、川崎の外れのアパートの一室で一緒に暮らし始めた。それは本当に、信じられないほどに狭くて汚らしい部屋だった。

だが、わたしは幸せだった。あの人が思っていた通りの男だったからだ。

粗野で下品で、がさつだったけれど、あの人はとても度量が広かった。いつもお金に困っていたのに、誰かに千円貸してくれと頼まれたら、財布の中のお金を全部渡してしまうような男だった。あの人はいつも笑っていた。人に裏切られても笑っていた。

この人は何者かになるべきだ。この人を何者かにしてあげたい。わたしは思った。

「ねえ、ふたりで仕事を始めましょうよ。わたし、あなたと一緒に苦労がしたいの」

結婚してすぐに、わたしは夫にそう言った。

「今よりもっと貧乏になるかもしれないぞ。それでもいいのか？」

わたしを見つめ、あの人が訊いた。

「ええ。いいわ。わたしは平気よ」

わたしは笑った。貧乏の経験はなかったけれど、怖くはなかった。

そのすぐあとで、夫は町工場を辞めた。そして、オンボロのトラックを1台買い、運送の事業を始めた。わたしは助手席に座り、あの人の仕事を手伝った。

最初はうまくいかなかった。資金繰りに行き詰まり、父に援助を求めようと思ったことも何度もあった。けれど、わたしはそうしなかった。意地があったのだ。

やがて、あの人の周りには人が集まり出した。粗野で下品で、がさつだったけれど、彼には人を引き付ける不思議な力があった。

あの人は集まって来るすべての人を受け入れた。「働かせてください」と言う人が来れば、あの人はいつでも、「いいよ」と言った。その人が、「お金がない」と言えば、ポンと支度金を出した。時にはそれは裏切られたが、あの人は気にしなかった。

あの人はバカだった。空っぽだった。そして、それは素晴らしいことだった。空っぽだからこそ、どんなものでも取り込むことができたのだ。

やがていくつかの幸運も手伝って、運送会社はわたしたちの生活に潤いをもたらすようになり、その後はかなりの成功を収めた。社員が百人になった頃、周りから持ち上げられて、あの人は市議会議員に立候補して当選した。後には県議会議員にまでなった。二度立候補した衆議院選挙では二度とも落選してしまったけれど、あの人が町工場の工員だったことを思えばたいした出世だ。

もしも、わたしがいなかったら……あの人は町工場の工員のまま終わっていただろう。飛行機のファーストクラスに乗ることも、ホテルのスィートルームに宿泊することも、競走馬のオーナーになることも、運転手付きのベンツに乗ることも、銀座のクラブの常連客になることも、病院の最上階の居間付きの個室で最期を迎えることもなかっただろう。

それが悪いわけではない。悪いわけではないが、それは事実だ。

そう。わたしがあの人を何者かにさせたのだ。わたしが彼を県議会議員にさせたのだ。今では五百人になった運送会社のオーナー社長に、わたしがさせたのだ。

だから、あの人が天国からわたしを見ていたとしても、文句は言わないだろう。悪いのはあの人なのだ。あの人はわたしを置いて、先に逝《い》ってしまったのだから。


買い物から戻るとすぐに、わたしは白くなり始めている髪の根元を染めた。特に頭頂部は念入りに染めた。いつものように今夜も、アキの股間《こかん》に顔を埋《うず》めるようなことがあったなら、彼の目にはわたしの頭の天辺《てっぺん》がよく見えるはずだった。つい先日、美容室で染めたばかりだったけれど、アキにはほんの少しの白髪も見られたくなかった。

髪のリタッチが終わると、わたしはお風呂に入ることにした。

湯を溜めた浴槽《よくそう》に身を浸《ひた》す前に、全裸になって浴室の鏡の前に立つ。くっきりと浮き上がった鎖骨《さこつ》、尖《とが》った肩……下腹部には贅肉《ぜいにく》がなく、ウェストは細くびれていた。乳房は小さかったけれど、形よく張り詰め、上を向いていた。外光の差し込むプールでいつも泳いでいるせいで、皮膚にはうっすらと競泳水着の跡が残っていた。

「大丈夫。すごく綺麗よ」

鏡の中の自分にわたしは言った。それから、浴槽にゆっくりと身を横たえた。

トマトソースを煮込みながら、ソファに座って手足の爪にエナメルを塗《ぬ》っている。今夜の下着の色に合わせた、銀色のエナメル。悲しいことに、こんな細かい作業をする時には老眼鏡が必要だった。

顔を上げて、老眼鏡の上から窓の向こうを見る。もう7時になるところだけれど、空にはまだ明るさが残っている。すぐそこに聳える観覧車が、七色の光を放ちながらゆっくりと回転している。海面にブリッジの明かりが映っている。光を満載した豪華客船が、白い煙を吐きながら港を出ていく。

部屋の中にトマトソースの煮えるにおいが漂《ただよ》う。ソースの表面で泡が弾《はじ》ける音がする。

あと1時間でアキが来る。

約束の時間を20分ほど過ぎた頃、インターフォンが鳴り、わたしは弾かれたように立ち上がった。

『怜子さん、僕だよ』

インターフォンからアキの声が聞こえ、わたしは思わず微笑んだ。

すぐに玄関に向かい、ドアを開けてわたしは彼を待った。やがて廊下を歩いて来るアキの姿が目に入った。

「いらっしゃい。待ってたわ」

廊下に誰もいないことを確かめてから、わたしはアキを招き入れてドアを閉めた。

「待たせてごめんね」

アキが腰を屈《かが》め、わたしの額《ひたい》に唇を付けた。それだけのことで下腹部が鈍く疼《うず》いた。

「ううん。大丈夫よ」

わたしは首を横に振った。大きなピアスが耳元で揺れた。

「いいにおいだね」

トマトソースのにおいに釣られるように、アキは部屋の中に入って行った。玄関に屈み込んでアキの靴を揃《そろ》えてから、わたしは新妻のようにアキの背中を小走りに追った。淫《みだ》らな期待が込み上げ、息苦しいほどに心臓が高鳴った。

わたしはアキの皿に、スモークサーモンと生野菜のサラダを取り分ける。テーブルナイフでローストビーフを食べやすい大きさに切ってあげる。トマトソースのスパゲティをたっぷりと取り分ける。

それをアキがもりもりと食べる。がっちりとした逞《たくま》しい顎《あご》が食物を嚙《か》み砕《くだ》いていく。

「おいしいなあ」

アキが笑う。高価なブルゴーニュの白ワインを、まるでビールのように飲み干す。

わたしはワインを飲みながら、アキを見つめる。彼の旺盛《おうせい》な食欲に、強い生命力を感じる。同時に、強い性欲を感じる。

生きるというのは食べることだ。そして、子孫を残すため異性と交わることだ。

食事が済んで、汚れた食器を洗浄機に入れていると、筋肉の浮き出た逞しい腕が、わたしの体を背後から抱き締めた。

「あっ……ダメっ……待って……」

早くも声を喘《あえ》がせて、わたしは言った。

けれど、アキはやめなかった。その大きな手でブラウスの上から乳房を撫《な》で、わたしの顔をのぞき込むようにして唇を合わせて来た。タイトなスカートを穿《は》いたわたしのお尻を、硬直した男性器が圧迫した。

胸を揉《も》みしだかれ、わたしはアキの口の中にくぐもった声を漏らした。

次の瞬間、アキがわたしを軽々と抱き上げた。そして、横抱きにして寝室に運ぶと、わたしをベッドに横たえ、そこに体を重ね合わせて来た。薄いシャツに包まれたアキの肉体が、わたしの乳房をぎゅっと圧迫した。

すぐにまたアキが唇を重ね合わせた。

わたしは低く呻《うめ》きながら、口に流れ込んで来た彼の唾液《だえき》を夢中で飲み込んだ。

直後に、剝《は》ぎ取るかのようにアキがわたしのブラウスを脱がせ、タイトなミニスカートを下ろした。そして、銀色の下着だけになったわたしの全身を、目を細めてまじまじと見つめた。わたしがまとっていた小さな下着は、機能性ではなく、男の欲望を煽《あお》ることを目的にデザインされたものだった。

「綺麗な体だね」

欲望に目を光らせて、アキが言った。

そんな彼にわたしは教えてあげたかった。若い頃のわたしは、もっと綺麗だったのよ。道で擦れ違えば、振り向かない男はいないほどに綺麗だったのよ、と——。


セックスとは乱暴なものなのだ。それは男が女を支配し、征服し、服従させるためだけにある行為だ。

わたしはずっと、そう思っていた。夫だった男は素敵な人だったが、彼の性行為は乱暴で、荒々しく、せっかちで、とても自分勝手なものだったからだ。

けれど、アキのそれはそうではなかった。彼は驚くほどに巧《たく》みだった。その最初の晩から、わたしは身をのけ反らし、淫らな声を上げ続けなければならなかった。

その晩も、わたしたちは寝室のベッドで抱き合った。それは夫とわたしが数え切れないほど愛し合ったダブルベッドだった。

アキが銀色のブラジャーを外した。そして、乳房を押さえていたわたしの手を払いのけ、そこに唇を押し付け、前歯で挟《はさ》むように乳首を噛んだ。

「あっ……いやっ……」

両脚でシーツを蹴《け》り、わたしは弓なりに身を反らした。わたしの上のアキの体が、ふわりと高く浮き上がった。

片方の乳房を揉みしだきながら、アキは飢《う》えた赤ん坊のようにもう片方の乳首を貪《むさぼ》った。その音が、静かな部屋に淫靡《いんび》に響いた。

「ああっ……ダメっ……いやっ……」

両腕でアキの頭を抱き締めながら、わたしは淫らな声を出し続けた。

やがてアキが、わたしの腰から小さなショーツを剝ぎ取った。女性器に触れていた部分の細い布が、体液を吸い込んで濃いグレイに染まっていた。

直後にアキがそのしなやかな指の先で、わたしの股間に——尖って膨《ふく》らんだクリトリスの先端に触れた。

その瞬間、強烈な快楽が、まるで電流のように体を走り抜けた。

「あっ！　いやっ！」

甲高《かんだか》い声を上げ、わたしは体を震わせた。

浅ましい——ほんの一瞬、そんな言葉が頭をよぎった。

だが、それ以上は考えなかった。もはや何も考えなかった。

彼との行為で避妊具を使うことはなかった。50歳のわたしに、その必要はなかった。

しなやかな指を使って、長いあいだわたしに声を上げさせていたあとで、アキが男性器の先端をわたしの股間に宛《あ》てがった。

わたしは目を閉じ、その瞬間を待った。

やがて硬直した男性器が、女性器の入り口をゆっくりと押し広げ始めた。

「あっ……うっ……いやっ……」

筋肉の張り詰めたアキの背に爪を立て、枕に後頭部を擦《こす》りつけてわたしは呻いた。

石のように固い男性器が膣の内側を擦るようにして、わたしの中にゆっくりと侵入を続けた。深く、深く、もっと深く……そしてついに、わたしを完全に貫《つらぬ》き通した。

「ああっ、アキっ……ダメっ……」

わたしにできたのは、淫らな声を上げ続けることだけだった。

やがてアキがゆっくりと動き始めた。

アキが腰を突き出すたびに、硬直した男性器の先端がずんと子宮に激突した。そのたびに、わたしは彼の背に爪を突き立てて、淫らで、浅ましい声を上げた。

窓の向こうでは相変わらず、観覧車がゆっくりとまわっている。その七色の光が寝室の天井を彩《いろど》っている。わたしたちはベッドの上で、脚を絡ませ合って横になっている。

「怜子さん、僕が好き？」

わたしに腕枕をしたアキが訊いた。

アキの腕に耳を押し付けて、わたしは頷《うなず》いた。本当は『好きよ』と言いたかった。けれど、あの人にさえ言っていない言葉を、彼に言うわけにはいかなかった。

「僕も怜子さんが好きだよ。大好きだよ」

アキが笑った。たとえ嘘でも、わたしにはその言葉が嬉しかった。

アキと付き合うまで、わたしは男性器を口に含んだことはなかった。あの人はなぜか、わたしにはそれをさせなかったから。だから初めてアキがそれを求めて来た時、わたしにはその方法がよくわからなかった。

けれど、今ではもう、それに戸惑うことはなかった。

アキがベッドの端に腰かけて、脚を左右に大きく開いた。そんなアキの脚のあいだに、わたしは全裸でひざまずいた。アキの体液が女性器からとろりと溢《あふ》れ出た。

力なく垂れ下がった男性器を指で支える。アキの股間に顔を近づけ、それを舌の先でペロペロとなめる。

わずかに塩辛《しおから》い。それはアキの体液だろうか？ それともわたしのそれだろうか？

わたしは目を閉じ、それを深く口に含む。ついさっき性交を終えたばかりだというのに、まるで空気を送り込まれた自転車のタイヤみたいに、それは一気に膨れ上がる。

髪を染めておいてよかった。目を閉じたまま、わたしは思う。

やがて、わたしはリズミカルに首を振り始める。今では完全に硬直した男性器が、いっぱいに広げた口から出たり入ったりを繰り返す。耳元で大きなピアスが激しく揺れる。

いつものように、アキの両手がわたしの髪をがっちりと、抜けるほど強く鷲摑《わしづか》みにする。

そして、いつものように、わたしの頭部をさらに激しく上下させる。

硬直した男性器の先端が、何度も繰り返し喉の奥を突き上げる。

「うっ……むっ……うっ……」

男性器に塞《ふさ》がれた口から、くぐもった声が漏れる。込み上げる吐き気に耐えながら、わたしは鼻孔を広げ、必死で呼吸を確保する。
アキがわたしの前髪を掻き上げる。
そう。彼は今、わたしの顔を見ているのだ。口を犯されているわたしの顔を、真上から
じっと見つめているのだ。そのことが、わたしを一段と高ぶらせる。
わたしは首を振り続ける。やがて、頭上から彼の呻きが聞こえる。直後に、男性器が痙《けい》
攣《れん》を繰り返しながら、わたしの口の奥にどろどろとした液体を放出していった。
わたしは顔を上げ、彼の目を見つめた。それから、口の中のものを嚥《えん》下《げ》した。
コクリと小さく喉の鳴る音がし、小さな背徳感に心が疼いた。

アキがここに通って来るのはお金が目当てだ。妹や娘たちはそう言う。だが、彼女たち
は、アキの目的がわたしの体だとは言わない。そんなことは思ってもいないらしい。
けれど、わたしは彼女たちに教えてあげたい。
夜中にわたしが眠りに落ちたあとでさえも、彼はわたしを起こすことがあるのだと……
「怜子さん、もう一度いい？」と言って、半分眠ったままのわたしを俯《うつぶ》せにさせて、後ろ
から入って来ることがあるのだと……まだ寝ぼけているわたしの口に、男性器を含ませる

ことがあるのだと……何度も、何度も、まるで新婚の夫婦のように一晩中わたしを求め続けることがあるのだと……。

お金のためだろう。でももしかしたら、それだけじゃないのかもしれない。時には、わたしはそう思うことができる。

その晩も、アキはさらに二度、わたしの中に体液を注ぎ入れた。それから、急に眠ってしまった。いつものことだ。

アキが眠ったあとも、わたしは薄暗がりの中に目を見開いていた。観覧車から放たれる七色の光が、白い天井を七色に染めていた。夜空を横切る旅客機の光が見えた。

アキの寝息を聞きながら、わたしは考えた。

あの人と最後に性交をしたのはいつだったのだろう？

季節はいつだったのだろう？　あの人はどのようにして求めてきたのだろう？　わたしはそれを思い出そうとした。

考えているうちに、それを思い出すことが唯一、あの人への忠誠であるような気になって、わたしは何とかして思い出そうとした。

二度目の衆議院選挙に落選した晩だったただろうか？　それとも、あの人の誕生日の晩だったのだろうか？　あるいは、何でもない、ありきたりな夜だったのだろうか？　けれど、わたしはついに、それを思い出すことができなかった。

わたしの眠りは浅かった。夜中に何度も目を覚ました。目覚めるといつも隣にはアキがいた。わたしにはそれが嬉しかった。

わたしには息子はいない。ふたりの女の子を産んだあとで妊娠した男の子は、結局は生まれて来なかった。

けれど、こうしていると、わたしは彼を自分の息子のように感じた。わたしは今、自分の息子と一緒に眠っているのだ、と──。

目を覚ますとアキの姿がなかった。浴室でシャワーを浴びているらしかった。わたしはベッドから這《は》い出すと、裸の体にガウンを羽織《はお》り、窓辺に立って外を眺めた。

霧のような雨が降っている。細かい雨が窓ガラスに吹き付けて流れ落ちている。桟橋《さんばし》に停泊した貨物船のマストで、トリコロールの旗が重たそうに垂れ下がっている。雨に濡れた歩道を、傘を差した人々が足早に歩いて行く。

やがて、寝室のドアが開いて、腰にバスタオルを巻いたアキが入ってきた。逆三角形の逞しい体から湯気が立っていた。

「アキ、何か食べるでしょう？」

わたしは訊いた。こんな明るいところで彼に素顔を見られるのが少し嫌だった。

「そんな時間はないなあ」

「学校、休んじゃえば？　そうしたら、欲しいものを何でも買ってあげるわよ」

「うーん。でも……そういうわけにはいかないよ。もうすぐ大事な試験があるんだ」

その答えに、わたしはがっかりした。

「ねえ、今度はいつ来られるの？」

アキはすでに下着を穿き、シャツを羽織っている。

「ねえ、いつ来られるの？」

わたしはさらに繰り返す。今のわたしの関心事はそれだけだ。

「そうだなあ……また電話するよ」

アキが言い、わたしは縋《すが》るように彼を見つめる。

玄関のところでアキにお金の入った封筒を渡す。いつもの儀式だ。

「いらないよ」

アキは封筒をわたしに突き返そうとする。

「いいから、取っておきなさい」

わたしはそれをアキのジーパンのポケットにねじ込む。

彼をここに繋ぎ留めるためのお金——多すぎることはないけれど、少なすぎることもないお金——ここに来れば、アキはそのたびに必ずそれを手にできるのだ。

「怜子さん、いつもありがとう」

アキがわたしを抱き締める。しっかりと。まるで本当の恋人のように。

いつものように、廊下に人がいないことを確かめてから、わたしは玄関のドアを開ける。アキを素早く送り出す。

本当はエントランスホールまで送って行きたい。けれど、そんなことができるはずはない。ここでのわたしは今でも、地元の名士の妻だった。

アキを送り出すと、わたしは再び乱れたままのベッドに横たわり、そこに残ったアキの体臭を吸い込んだ。三度にわたって貫かれた女性器が、今も微かに痺《しび》れていた。

アキはいつまでここに来るのだろう？　いつ、わたしと別れるつもりなのだろう？

いつまででもいい。その時までは、アキはわたしのものだ。そしてもし、その時が来てアキがわたしの前から消えてしまったら……そうしたら、わたしはまた別の男を見つけよう。夫が残してくれたお金を使って、逞しくて素敵な若い男を見つけよう。

若くない女は、そのためにお金を使うべきなのだ。あの人はわたしがそうするために、お金を残してくれたのだ。

お風呂に入ったあとで化粧をし、わたしはふたつのグラスに桃色のシャンパンを注いで、あの人の仏壇の前に座った。あの人のお気に入りのシャンパンだった。

細かい泡を立ちのぼらせているグラスのひとつを、わたしは仏壇に置いた。そこには県議会議員だった頃の夫の写真が置いてあった。太った体をスーツに包んで笑っているその顔には、わたしが好きだった川崎の町工場の工員の面影《おもかげ》が残っていた。

「怒ってる？　それとも、怒ってない？」

わたしは写真の中のあの人に微笑みかけた。それから、かつては夜ごとにしていたように、「乾杯」と言って、手にしたグラスを位牌《いはい》の前のグラスと触れ合わせた。

カチンという硬い音がした。

杏奈という女

開け放した窓の外で、たくさんのカエルが競い合うかのように鳴いている。澄んだ虫の声もするし、熱帯の風が椰子《やし》の葉を揺らす音もする。谷底を洗うようにして流れていく水の音も聞こえる。時折、野生の猿の叫び声が、辺りに鋭く響きわたる。けれど、人間が作り出す音は何もしない。それはまるで、人類が死滅してしまったかのようだった。

そんな静けさの中で、僕は両脚を真っすぐに伸ばし、巨大な大理石の浴槽に身を沈めている。透き通った湯の中の、自分の体をぼんやりと見つめている。

バリ島にやって来て、まだ3日目だというのに、僕の体はこんがりとした小麦色に焼けている。そこだけ白く焼け残った下半身では、黒い性毛がゆらゆらと海草のように揺れている。

いよいよ明日は僕たちの結婚式だ。

そう。明日の正午に、このホテルに併設された小さな教会で、僕は彼女と結婚する。海辺のリゾートから離れた静かなこの地で、とてもささやかな結婚式を挙げる。

日本からの参列者は誰もいない。彼女と僕とのふたりきりの結婚式だ。大勢の人に祝福してもらいたいという気持ちがないわけではない。彼女にとっても、僕にとっても、おそらく一生に一度の結婚式なのだ。みんなに「おめでとう」と言われたいに決まってる。

だけど、もう、それは望むまい。彼女と結婚すると決めた時に、こうなることはわかっていたのだから。

僕はゆっくりと立ち上がり、大理石の浴槽を出る。濡れた体を乾いたタオルで拭《ぬぐ》い、火照《ほて》った体に白いタオル地のバスローブを羽織る。これから起きることへの期待に、だらりとしていた男性器に血液がゆっくりと流れ込み始める。

ドアを開けると、そこが寝室だった。

彼女はそこにいた。がっちりとした4本の柱に支えられた天蓋《てんがい》付きの巨大なベッドの端に、彼女はちょこんと浅く腰掛け、その大きな目でこちらを真っすぐに見つめていた。

彼女は整った顔に丁寧に化粧を施し、明るい栗色に染めた長い髪を肩の周りに無造作に垂らし、耳元で大きなピアスを光らせていた。極端に丈の短い白いレースのナイトドレスの向こうに、ほっそりとした体や、臍《へそ》に嵌《は》められた銀色の十字架や、真っ白なサテン製のブラジャーやショーツが完全に透けていた。

彼女の華奢《きやしや》な全身を、部屋に満ちたオレンジ色の光が、柔らかく、包み込むかのように照らしていた。

彼女の姿を見た瞬間、男性器がさらに膨張し、白いタオル地のバスローブを力強く持ち上げた。

彼女の姿はそれほどまでに扇情的だった。

「ああっ、杏奈《あんな》……」

呻《うめ》くように彼女の名を呼び、僕は何歩か脚を踏み出した。磨き上げられた大理石の床が、火照った足裏にひんやりと心地よかった。

僕の呼びかけに応じるかのように、彼女がゆっくりと立ち上がった。そして、細くて長い剝き出しの脚を静かに動かし、白いストラップサンダルのとてつもなく高い踵《かかと》をわずかにぐらつかせながら、僕のほうにゆっくりと歩み寄って来た。すらりとしたその姿が、鏡のような床に映っていた。

彼女が脚を前後させるたびに、コツコツという硬い音が静かな部屋に響いた。僕の手首ほどもない彼女の右の足首では、きょうの午後に僕が買ってあげたばかりの華奢な金色のアンクレットが鈍く光っていた。

僕に向かい合うように立つと、彼女がそっと顔を上げた。

彼女が履いているサンダルの踵は10センチ以上はあるはずなのに、そうやって立つと彼女の目は175センチの僕のそれよりまだ低いところにあった。とても長くて濃い睫毛《まつげ》が、大きな目の下に大きな影を落としていた。ふっくらとした唇が、濡れているかのように光っていた。

彼女の体からはジャスミンみたいな甘い香りが、強く立ちのぼっていた。

「ねえ、いいの？……健次《けんじ》くんは、わたしで本当にいいの？」

僕を見上げ、囁《ささや》くように彼女が言った。湿った息が僕の顔に優しく吹きかかり、洗ったばかりの前髪を揺らした。

その声はとても細くて、透き通っていた。そして、その息からは微かにスペアミントが香った。

「僕は杏奈が好きなんだ。だから……どうしても杏奈と結婚したいんだ」

「後悔しない？」

彼女がさらに大きく目を見開いた。わずかに潤んだその目に、僕の顔が映っていた。

僕が深く頷《うなず》き、彼女が無言のままそっと微笑《ほほえ》んだ。

けれど、その微笑みは、いつものように少し寂しげだった。あでやかに光る唇のあいだから、綺麗に揃った真っ白な歯がのぞいていた。

僕は両腕を伸ばし、華奢な彼女の体を強く——骨が軋《きし》むほど強く抱き締めた。

「ああっ……」

濡れたように光る唇から、彼女が微かな声を漏らした。

そんな彼女の唇に、僕は自分の唇を重ね合わせた。

小ぶりな乳房がふたりの体のあいだで押し潰《つぶ》され、彼女が僕の口の中にくぐもった呻きを漏らした。

長くて濃密なキスのあとで、彼女が僕の足元にゆっくりとひざまずいた。そして、鮮やかなマニキュアの光るほっそりとした指で、僕が羽織っているバスローブの前をゆっくりと左右に広げた。そのことによって、僕の下半身があらわになった。

彼女のまさに目の前、僕の股間では黒光りする男性器がこれ以上はないというほどに膨れ上がり、今では石のように硬く硬直していた。

床にひざまずいた彼女が、白くしなやかな指で男性器にそっと触れた。それから、舌の先で自分の唇を何度かなめ、その大きな目を静かに閉じ、濡れた唇をゆっくりと開き……そして、硬直した男性器をすっぽりと包み込むように口に含んだ。

「ああっ……」

凄《すさ》まじい快楽が肉体を走り抜け、僕は思わず天を仰いで呻いた。


床に立ち尽くした僕の足元にひざまずき、硬直した男性器を口に含み、彼女はリズミカルに顔を前後に打ち振っている。すぼめられた彼女の唇から、唾液にまみれた男性器が出たり入ったりを繰り返している。

静まり返った部屋の中に、唇と男性器が擦れ合う淫靡《いんび》な音と、彼女が少し苦しげに鼻で呼吸をしている音だけが繰り返されている。彼女の耳元では大きなピアスが、まるでブランコのように揺れている。

規則正しく顔を振り動かしている彼女を、僕は真上からじっと見つめる。手を伸ばし、彼女の頭部にそっと触れる。栗色の長い髪を、指先でそっと梳《す》く。

明日、彼女と僕は結婚式を挙げる。けれど、日本の法律では、彼女は僕の妻になることができない。

そう。僕と彼女は結婚ができない。それを彼女は知っている。

彼女には僕の子供が産めない。それを彼女は知っている。

彼女と僕との繋《つな》がりは心だけ。その心が離れたら、それで僕たちふたりの関係は終わりになる。それを彼女は知っている。

「わたしのことを好きじゃなくなったら……その時は、健次くん、すぐに言ってね。愛してくれない人と一緒にいるのは辛いから……」

まるで口癖のように、彼女はしばしば僕にそう言っている。

けれど、僕が彼女を好きでなくなる日が来るなんていうことは考えられない。彼女は僕にとって完全な女なのだ。本当の女以上に、完全で完璧なのだ。

彼女の顔に被《かぶ》さっていた髪を、僕は右手でそっと掻《か》き上げる。そして、彼女を——しっかりと目を閉じ、頬を凹《へこ》ませ、男性器を咥《くわ》えて顔を打ち振っている彼女を——さらにまじまじと見つめる。

ああっ、彼女が……いや、彼が、女の肉体を持って生まれて来たらよかったのに。

自分はほかの男の子たちと違っている——。

そのことに彼女……いや、彼が気づいたのは、まだ小学生の頃だったという。

彼の周りにいた男の子たちには、みんな好きな子がいた。もちろん、彼にも好きな子がいた。だが、彼がほかの男の子たちと決定的に違っていたのは、好きになる相手が女の子ではなく、男の子だったということだった。

彼は男の子たちの遊びにまったく興味が持てなかった。男の子たちが好きになるものを、まったく好きになれなかった。その代わり、彼は女の子たちの遊びに興味を持った。だから、幼い頃の彼は、女の子とばかり遊んでいた。

小学校の低学年の頃まではそれで問題はなかった。けれど、時間が経つにつれて、彼は自分が普通ではないのではないかと考えるようになった。

僕はほかの男の子たちとは違うんだ……僕だけが違うんだ……。

その思いは、年とともに強くなっていった。そして、いつの頃からか、自分は男ではなく女なのだと確信するようになった。自分は本当は女なのに、神様の手違いで男の体を持って生まれてしまったのだ、と。

心と体の性別が違う――そのことは彼をひどく戸惑わせた。どんなふうに対処していいのかが、まったくわからなかった。

自分の心は女だと確信してはいたけれど、中学、高校と、彼はそのことを隠して生きて来た。今、思い出してみても、それは本当に辛い日々だった。

男子の下着を身につけるのや、男子の制服を着るのは辛かった。男子トイレを使わなければならないのも辛かったし、男子と同じ部屋で着替えをするのも辛かった。体育の授業で水着になるのも辛かったし、男子と一緒に健康診断を受けるのも辛かった。

彼の心は思春期の女性なのだ。そういうことが辛くないはずがなかった。

辛いことは本当にいろいろとあった。だが、いちばん辛かったのは、そのことを誰にも相談できないことと、好きな人に自分の心を伝えられないことだった。

男にしては彼は小柄で、体つきも華奢だった。体毛も極めて薄かったし、声も細くて、透き通っていて、女のそれにそっくりだった。そんな彼のことを「女っぽい」という者もいたし、「オカマみたいだな」と笑う者もいた。

けれど、特別視されるようなことはなかった。彼の心と体の性別が違うということに、誰も気が付かなかったのだ。

そんな彼でも、高校生になると、鼻の下と顎《あご》にうっすらと髭《ひげ》が生えて来た。彼はその髭を1本1本引き抜いた。腋《わき》の下の毛はもっと前から、すべて毛抜きで抜いていた。

どうしたらいいのだろう？　僕はどうやって生きていけばいいのだろう？

本当は誰かに相談したかった。けれど、周りを見まわしても、そんなことが相談できるような人は誰もいなかった。

誰にも相談できないまま、彼はひとりで悩み続けた。だが、やがて、自分のような人間がほかにいるのではないかと思うようになった。もし、そういう人がひとりでもいれば、とても心強いような気がした。

図書館に行って書籍を広げたり、インターネットを使ったりして、彼はいろいろと調べてみた。そして、自分は確かに少数派ではあるけれど、決してひとりきりではないのだということを知った。同時に、彼のような人々のことを、『性同一性障害』と呼ぶのだということも知った。

性同一性障害——そういう人たちの多くは、自分の心と体の性別が違っているということを、生涯にわたって隠し通しているようだった。けれど、少なくない人々は本来の性別に、たとえば男から女へ、たとえば女から男へと戻ろうとしていた。

心は変えることができないけれど、体なら、ある程度は変えることができるのだ。

当然ながら、彼が関心を抱いたのは、本来の性へと戻ろうとする男たちだった。彼らは化粧をし、女物の下着や洋服をまとい、女物の靴を履いた。女性ホルモンを摂取する人や、美容外科で女らしい容姿を求め、顔を変えたり胸を膨らませたりする人もいた。中には睾丸を除去したり、本格的な性転換手術を受ける人もいた。

慣れ親しんだ性別を変えるということは、とても勇気を必要とすることだった。それでも、随分と長いあいだ考えた末に、彼は自分も本来の性別に——つまり女に戻ろうと決めた。

そうだ。戻ろう。本当の自分になろう。

それはとても大きな決断だった。けれど、女の心を持ったまま、男として生き続けていくことは絶対にできなかった。

それでも、高校を卒業するまで、彼はそれを隠し続けた。それを口にした時にどんなことになるか……それが怖かったのだ。

姉と妹はいたけれど、彼には男の兄弟がいなかった。祖父母や両親は、長男である彼が家を継ぎ、先祖代々の墓を守っていくものだと、当然のことのように考えていた。そんな人々に、自分は本当は女なのだとは言えなかった。

彼の生まれ故郷は鳥取県の米子《よなご》というところだった。高校を卒業後に、彼は東京の大学を進学先として選んだ。知っている人の誰もいない場所に行きたかったのだ。

大学を卒業後は故郷に戻り、地元の企業に就職するというのが、祖父母や両親との約束だった。けれど、その約束を守るつもりはなかった。これを最後に、家族とも故郷とも永遠に別れるつもりだったのだ。

家を出る時は胸が強く痛んだ。だが、ためらいはしなかった。

上京した彼は、進学することになっていた大学には行かなかった。東京の大学を進学先として選んだのは、ただ、都会に出る口実がほしかっただけだった。

大学に通う代わりに、彼は夜の店で働き始めた。そこは彼のように、男の体を持って生まれてしまった女たちばかりが働いている店だった。

彼の本名は浩一郎《こういちろう》だった。石崎《いしざき》浩一郎だ。だが、その店では『杏奈』と名乗った。やはり性同一性障害であるママがつけてくれた名前だった。

杏奈と名乗るようになった彼は、その店で働き始めてすぐに、同僚たちに勧められて女性ホルモンの摂取を始めた。給料を前借りして、睾丸の切除手術も受けた。彼はもともと小さくて端整な顔立ちをしていたが、より女性らしくするために、数回にわたって美容外科で顔の整形手術もした。

体にメスを入れることに抵抗はなかった。それどころか、手術をするたびに、自分が本来の性別に近づいていくようで嬉しかった。

睾丸を切除したあとで、彼は実家に手紙を書いた。その手紙の中で、彼は自分が性同一性障害であることを告白し、睾丸を切除したことを告白した。そして、これからは女として生きていくことを宣言し、親不孝を詫《わ》びた。

返信は来なかった。その代わり、実家からの送金がその月で止まった。

大理石の床に仁王立ちになった僕の足元にうずくまり、彼女は男性器を口に含み続けている。

時にはゆっくりと、時には早く……彼女が顔を打ち振るたびに、僕の下腹部で快楽がどんどん膨らんでいった。同時に、いつものように、僕の中に暴力的な気持ちがむくむくと湧き上がって来た。

そうなのだ。彼女とこういうことをしていると、どういうわけか僕は妙にサディスティックな気分になってしまうのだ。彼女と付き合うまでは、そんなことは一度もなかったというのに、どういうわけか、彼女に対してはそんな気持ちになってしまうのだ。

それはきっと彼女が、本物の女たちよりずっと可憐《かれん》で、本物の女たちよりずっと女らしいからなのだろう。女より女らしい彼女と接することで、きっと僕の中に潜《ひそ》んでいたサディスティックな感情が――『支配したい』『服従させたい』という暴力的な感情が表に現れて来たのだろう。

性行為というのは、基本的には男が女を服従させ、支配しようとする行為なのだ。硬直した男性器で荒々しく女を貫き、女を喘《あえ》がせ、悶《もだ》えさせ、女に苦しげな呻き声と悲鳴を上げさせるための行為なのだ。

しばしばそうしているように、丁寧にセットされていた彼女の髪を、僕は両手でがっちりと強く鷲摑《わしづか》みにした。そして、しばしばそうしているように、彼女の顔をさらに強く、さらに早く、さらに激しく打ち振った。時には、彼女の顔を引き寄せながら、腰を前方に強く突き出したりもした。

硬直した男性器の先端が、彼女の喉の奥を、ズン、ズン、ズンと、何度も繰り返し、荒々しく突き上げた。

「うむっ……むっ……うっ……むうっ……」

男性器によって塞がれた彼女の口から、くぐもった呻きが漏れていた。美しく整った顔は紅潮し、苦しげに、そして、切なげに歪《ゆが》んでいた。

その苦しげで、切なげな顔が、僕の中の狂気をさらに煽《あお》った。

硬直した男性器で、僕は彼女の喉をますます荒々しく突き上げ続けた。

込み上げる吐き気と息苦しさに、彼女は懸命に耐えていた。だが、やがて、こらえ切れず、男性器を吐き出し、華奢な身をよじるようにしてゲホゲホと激しく咳き込んだ。

「ああっ、健次くん……お願い……あまり乱暴にしないで」

ようやく咳を終わらせた彼女が僕を見上げ、細く描かれた眉を寄せて哀願した。鷲摑みにされた髪がくちゃくちゃに乱れていた。唇から溢《あふ》れた唾液が、尖った顎の先から透明な糸のように滴《したた》り落ちていた。

アイラインで縁取られた彼女の目からは、大粒の涙が流れ落ちていた。その涙を見て、僕ははっと我に返った。

「あっ、ごめん、杏奈」

そう言うと、僕は彼女と同じように床にうずくまった。そして、ほっそりとした彼女の体を、両腕でしっかりと抱き締めた。

彼女もまた僕の体を強く抱き締め返した。長くて鋭い彼女の爪が、タオル地のバスローブ越しに僕の背をチクチクと刺激した。


僕が彼女と出会ったのは今から半年ほど前のことだった。その時にはすでに、彼女が上京して6年がすぎていた。

その6年のあいだには、好きになった男もいた。恋人として付き合った男もいた。けれど、どの男とも結局はうまくいかなかった。

彼女はいつも本気だったけれど、男たちはそうではなかったのだ。あるいは、最初は本気でも、付き合い続けているうちに、やはりニューハーフである彼女といつまでも一緒にいることはできないと悟ったのだ。

男たちの何人かは別れ際に、「杏奈が本当の女だったらよかったのに」と言った。その言葉は彼女をひどく傷つけた。

彼女は女なのだ。本当の女なのだ。ただ、男の体を持って生まれて来てしまっただけなのだ。

今もしばしば思い出す男がいる。彼は彼女より10歳年上の高校の英語の教師だった。その男は本当に優しくて、一緒にいるととても楽しかった。彼はいつだって彼女に対し、ごく普通の女といるかのように接してくれた。だから、たいていの時、彼女は自分が男として生まれて来たということさえ忘れていた。

そう。彼は彼女を、普通の女として扱ってくれたのだ。

やがて男が彼女に、「杏奈、僕と一緒に暮らさないか?」と提案した。彼女は喜んでその提案を受け入れた。彼のことがとても好きだったからだ。

深いことは考えなかった。打算などまったくなかった。彼女にとって大切なのは、好きなのか、そうでないのかだけだった。

そんなふうにして、彼女は都内にあった賃貸マンションの一室で、その高校の英語教師と暮らし始めた。

最初の1年ほどは、本当に楽しかった。ずっとこのままの時間が続くといいな。ずっとこのまま、ふたりで幸せに生きていけるといいな。

彼女はそれを心から願っていた。

だが、やがて、男の態度が少しずつ変わって来た。男はそれを表に出さないように努力していた。けれど、彼女にははっきりとそれが感じられた。

「どうしたの？　何を悩んでいるの？　わたしのことが嫌いになったの？」

ある日、彼女は思い切って彼に尋ねた。

「いや、そうじゃないんだ……僕は今も杏奈が好きだよ。すごく好きだよ」

悩ましげに顔を歪めて男が答えた。

「だったら、何を悩んでいるの？」

彼女はさらに尋ねた。

しばらくのあいだ、無言で男は俯《うつむ》いていた。それから、ようやく口を開いた。

彼は東北の小さな町の出身だったが、そこに暮らす両親が彼に見合いの話をもって来たらしかった。両親はひとり息子である彼が一日も早く結婚をし、一日も早く自分たちに孫の顔を見せてくれることを切望していた。

男の話を聞いた瞬間、彼女は鳥取に住む祖父母や両親のことを思い出した。

「それでお見合いをするつもりなの？」

男の目をじっと見つめて彼女は聞いた。

男の返答は彼女を驚かせた。彼は彼女に内緒で、すでに見合いを済ませていたのだ。そして、その後も、何度も繰り返し会っていたのだ。それだけではなく、すでにその見合いの相手と体の関係までも持っていたのだ。

「そんな……ひどいわ……」

彼女は呻いた。裏切られた気分だった。

「何度も言おうと思ったんだけど……何て言っていいか、わからなくて……」

言い訳をするかのように彼が言った。

「その人と結婚するの？」

今にも泣きそうになりながら彼女は訊《き》いた。

「そうしようかと思ってる」

消え入りそうな声で彼が答えた。

「その人のことが好きなの？」

彼女はさらに訊いた。その瞬間、目から涙が溢れ出た。

「いや……好きじゃない。全然、好きじゃない」

「だったら、どうして……」

「結婚して親を安心させてやりたいんだ。ふたりに孫の顔を見せてやりたいんだ」

申し訳なさそうに彼が答えた。

彼女は無言で彼の顔を見つめた。込み上げる涙で、男の顔が霞《かす》んで見えた。

言い返したかったが、何も言葉が見つからなかった。

彼女には彼と結婚することはできなかった。彼の子を出産することもできなかった。彼女にできたのは、無言で頷くことだけだった。

そんなふうにして、彼女は10歳年上の高校教師と別れた。


白く透き通ったカーテンに覆われた天蓋付きの巨大なベッドの上で、僕は彼女がまとっていた半透明のナイトドレスを脱がせた。それから、背中にあったブラジャーのホックを外し、彼女の胸を覆い隠していた真っ白なサテン製のそれをそっと取り除いた。

「あっ、いやっ……」

乳房が剝き出しになった瞬間、彼女が恥じらうような表情を浮かべ、自分の手で胸をそっと押さえた。それは男に初めて裸体を見せる処女のような仕草だった。

そんな彼女の細い腕を、僕はゆっくりと胸からどかした。そのことによって、あまり豊かとは言えない乳房があらわになった。

そう。豊胸手術を受けていない彼女の乳房は、ようやく胸の膨らみ始めたばかりの少女のように小ぶりだった。乳房の先端では、小豆《あずき》色をした小さな乳首が尖っていた。プールで日焼けしたせいで、そこにはビキニの水着の跡がくっきりと残っていた。

ベッドの上で彼女と向かい合うようにして座ると、僕は彼女の左の乳房に右手でそっと触れた。それから、思春期の少女のようなそれをゆっくりと、パン生地をこねるかのように揉みしだいた。

女性ホルモンの摂取によって乳房が膨らみ始めてからは、そこは彼女の性感帯のひとつになっているらしかった。

「あっ……ああっ……」

ほっそりとした体をよじりながら、彼女が声を喘がせた。スペアミントの香る息が、また僕の前髪を揺らした。

乳房をしばらく揉み続けていたあとで、僕はゆっくりと身を屈《かが》め、右側の乳房に顔を近づけ、小さな乳首を口に含んだ。右手では相変わらず、左側の乳房をこねるように揉み続けていた。

右の乳首を何度か強く吸ったあとで、僕はそれを前歯で軽く噛んだ。

彼女がビクンと身を震わせ、また小さな声を漏らした。

右手で彼女の左の乳房を揉みながら、僕は随分と長いあいだ、右の乳首を赤ん坊のように吸い続けていた。それから、静かに顔を上げ、右手を乳房から離し、その手をゆっくりと彼女の下半身に近づけた。

彼女が穿いたぴったりとした純白のショーツの中で、陰茎が膨張し、硬直しているのがわかった。

そう。彼女には睾丸はなかったけれど、いまだに陰茎は残っていたのだ。

ツルツルとしたサテンの布地の上から、僕はその陰茎をゆっくりと擦《さす》った。そこは肛門と並ぶ、彼女の最大の性感帯だった。

「ああっ……健次くんっ……ダメっ……」

濡れた唇から淫らな声を漏らしながら、陰茎を擦り続けている僕の手を、彼女がそっと押さえた。

「さあ、杏奈、これを脱いでごらん」

そう言うと、僕は彼女のショーツを引き下ろそうとした。彼女が僕の両肩に手をかけ、腰を浮かせ、僕がそれを脱がせるのに協力した。

ショーツを取り除いたことで、陰茎があらわになった。男たちの陰茎とは違い、彼女のそれは細くて、短くて、小ぶりなウィンナーソーセージみたいにも見えた。永久脱毛をしているせいで、性毛は極端に少なかった。

「そんなに見ないで……恥ずかしいわ」

子供のような陰茎を見つめている僕に彼女が言った。その顔にはさっきと同じ恥じらいの表情が浮かんでいた。彼女は今、横座りの姿勢で、僕の左側に寄り添っていた。

いつもそうしているように、僕は彼女の背後にまわり、彼女を後ろからそっと抱き締めた。それから、両手を彼女の前方にまわし、左手では彼女の左側の乳房に触れ、右手では彼女の陰茎を指で支えた。

僕が他人の陰茎に触れたのは、もちろん、彼女が初めてだった。最初は少し抵抗があった。だが、今ではもう、そんなことはなかった。

「ああっ……恥ずかしい……」

細い首をよじって背後の僕を振り向き、彼女が『恥ずかしい』という言葉を繰り返した。顔には相変わらず恥じらいの表情が浮かんでいた。

いつもそうしているように、僕は骨張った彼女の背に自分の胸や腹をぴったりと押し付けた。そして、その左手で彼女の乳房を揉みしだき、陰茎を支えた右手をゆっくりと上下に動かし始めた。

僕が手を動かすたびに、彼女の陰茎がますます硬直していった。

「あっ……健次くんっ……いやっ……感じるっ……」

彼女が身をのけ反らし、その口から切なげな声を上げた。マニキュアの光る両手では、シーツを強く握り締めていた。

彼女の陰茎を支えた右手を上下に動かしながら、僕はいつもとても奇妙な気分になった。それはまるで、自慰行為をしているかのような感じだった。

いつも彼女がしてくれているように、僕もまた、彼女の陰茎を口に含んでみようと思ったこともあった。けれど、僕にはいまだに、それができなかった。触れることには抵抗はなくなっていたけれど、それを口に入れることは、やはりためらわれたのだ。

左手で彼女の乳房を揉みしだきながら、まるで自慰行為をしているかのように、僕はリズミカルに右手を動かし続けた。

「ああっ……すごいっ……感じるっ……あっ！　うっ！　ああっ！」

やがて彼女が甲高い声を上げて、体を硬直させた。その直後に、彼女の陰茎の先端から透明な液体が糸を引いて滴り落ち、白いシーツに小さな染みを作った。

男の精液とは違い、その液体は透き通っていて粘り気がほとんどなかった。

僕が彼女と出会ったのは、繁華街の片隅にあったニューハーフクラブでだった。会社の同僚に連れられて、興味半分で行ったのだ。

そうなのだ。彼女と初めて会った時、僕はすでに彼女が本当の女ではないと知っていたのだ。

それにもかかわらず、僕の目は彼女に釘付けになった。

本当に男だったことがあるのだろうか？　もしかしたら、ニューハーフだというのは嘘で、彼女は本当の女なのではないだろうか？

それが彼女を初めて見た時の僕の思いだった。

彼女はそれほどに美しく、可憐だった。そして、僕が知っているどの女より、ずっと女らしくて淑《しと》やかだった。

ああいうのを一目惚《ひとめぼ》れというのだろうか？

僕はその瞬間に彼女の虜《とりこ》になった。

会社が終わると毎晩のように、僕はその店に通った。ありがたいことに、彼女も僕を気に入ってくれたようだった。やがて僕たちは、店以外の場所でも会うようになった。

僕は彼女とふたりで映画を見たり、ドライブをしたり、買い物をしたり、食事をしたりした。彼女と腕を組んで歩きまわることにまったく抵抗はなかった。それどころか、彼女といることが得意でならないほどだった。

彼女は誰が見ても女だった。美しくて、スタイルがよくて、とても可憐で、とても淑やかな女だった。

たぶん、本当の女でないからこそ……だからこそ、より女らしく振る舞おうとしていたのかもしれない。彼女は本当に女らしかった。言葉遣いだけでなく、その仕草までもが、淑やかで上品で女らしかった。

今まで恋人だった女たちとまったく同じように、僕は彼女に接した。彼女と過ごしている時、僕はしばしば彼女が生物学的には男であるということさえ忘れていた。

何から何まで、彼女は女だった。女以上に女だった。けれど……彼女と初めて肉体関係を持つ時には、まったくためらいがなかったというわけではなかった。

どうしたらいいのか、僕にはよくわからなかったのだ。

だが、僕の心配は杞憂に終わった。ベッドでも彼女は、女とほとんど変わらなかったのだ。彼女には女性器がなく、代わりに陰茎があったから、すべてが同じというわけにはいかなかった。けれど、それは本当に、取るに足らないことだった。

僕は彼女を自分の友人たちに女として紹介した。友人たちに見せびらかしたくてしかたなかったのだ。

僕が予想した通り、友人たちはほぼ全員が彼女を見て驚いた顔をした。何人かは露骨に僕を羨《うらや》ましがった。僕と別れたら、次は自分の恋人になってくれと言うやつまでいた。

ほどなくして、彼女は僕と暮らすようになった。そして、すぐに僕は、彼女との結婚を考えるようになった。それはごく自然な成り行きだった。

いや、迷いや戸惑いがまったくなかったというわけではなかった。それでも、僕は彼女を生涯の伴侶にしたいと望んだ。

「杏奈、僕と結婚してくれないか？」

僕がそう切り出した時、彼女はひどく驚いた顔をした。

「健次くん……冗談でしょ？」

ぎこちなく微笑みながら彼女が言った。

「いや……僕は本気だよ。僕は杏奈に妻になってもらいたいんだ」

僕の言葉を聞いた彼女が顔を伏せた。僕は彼女の返答を待って口を閉じた。

随分と長い沈黙があった。そのあいだ、彼女はずっと顔を俯けていた。

やがて、俯いたまま、呟《つぶや》くように彼女が言った。

「無理よ……結婚なんて……そんなこと……絶対に無理よ……」

言い終わると彼女が顔を上げた。

その大きな目が真っ赤に充血し、涙がとめどなく溢れていた。


ベッドに両肘と両膝をつき、脚を左右に広げ、いつものように彼女が低い四つん這いの姿勢を取った。そうすることによって、小豆色をした肛門があらわになった。彼女の股間からはウィンナーソーセージみたいな陰茎が垂れ下がっていたけれど、男のそれとは違って、そこには睾丸がなかった。

両性具有——その姿を目にして、そんな言葉が頭をよぎった。

だが、彼女の姿にグロテスクさや不気味さはまったくなかった。それどころか、何度見ても、その姿はあまりに完璧だった。そして、何度見ても、見飽きないほどに美しく、いても立ってもいられなくなるほどに淫《みだ》らだった。

「もう少し脚を広げてごらん」

僕が言い、彼女がゆっくりと、さらに大きく脚を開いた。

「これでいい？」

四つん這いの姿勢のまま、彼女が僕を見つめた。顔の両脇から垂れ下がった長い髪が、シーツの上で緩やかな渦を巻いていた。

「いいよ。それでいい……」

呟くように言うと、いつものように、僕は彼女の背後にひざまずいた。そして、石のように硬直した男性器の先端を、彼女の肛門に宛てがった。

ついさっき僕が指で丹念に塗り込めた潤滑油のせいで、小豆色の肛門はてらてらと淫靡に光っていた。

そう。彼女には女性器がなかったから、性交の時には、こんなふうに肛門を使うのが常だった。行為の前に彼女はいつも、トイレで浣腸を繰り返していた。彼女が痛みを覚えないように、挿入の前には僕も男性器に潤滑油をたっぷりと塗り込んでいた。

思春期前の少女のように小さな彼女の尻を、僕は両手でがっちりと掴み、それを左右に押し広げた。彼女が身構え、唾液を飲み込む小さな音がした。

「入れるよ」

僕は言った。そして、彼女の返事を待たず、ゆっくりと腰を突き出しながら、彼女の尻を自分のほうに引き寄せた。

青黒く光る男性器が直腸の壁を擦りながら、彼女の中に静かに沈んでいった。

「あっ……うっ……」

その美しい顔をベッドマットに押し付け、シーツを強く握り締めて彼女が呻いた。飛び出した肩甲骨が細かく震え、背骨の両側に筋肉が美しく浮き上がった。

僕はさらに強く腰を突き出した。硬直した男性器が彼女の中に、さらに深く入り込んでいった。

男性器が彼女の体に完全に埋没すると、いつもそうしているように、僕は両腕を彼女の上半身に伸ばした。そして、小さいけれど弾力のあるそれを、またゆっくりと、こねるように揉みしだいた。

「ああっ……ダメっ……」

亀のように首をもたげ、背を弓のように反らし、彼女が切なげな声を出した。

彼女の肛門が収縮し、痛いほど強く男性器を締め付けた。その刺激に反応した男性器が、その硬度をさらに増すのがわかった。

いつの間にか噴き出した汗で、彼女の全身はオイルを塗り込めたかのように滑らかに光っていた。

やがて僕は乳房から手を離し、彼女にのしかかるような姿勢で前後に腰を打ち振り始めた。最初はゆっくりと静かに、優しく……それから、少しずつ早く激しく……最後は暴力的なほどに荒々しく……僕は彼女の肛門に男性器を突き入れ続けた。

「あっ！　健次くんっ！　いやっ！　ああっ！」

男性器が肉体に深々と突き刺さるたびに、彼女が悲鳴にも似た声を上げた。長い栗色の髪が、オレンジ色の光の中に美しく舞い乱れた。

そんな彼女の髪を背後から強く摑むと、僕はそれを引き寄せるようにして彼女を振り向かせた。

窮屈に首をよじってこちらに向けられた彼女の顔は、切なげに、そして、官能的に歪んでいた。

僕はなおも腰を振り続けながら、唾液にまみれた彼女の唇を貪《むさぼ》った。ふたりの歯がカチカチという音を立ててぶつかり、彼女が僕の口の中にくぐもった呻きを漏らした。

随分と長いあいだ彼女の唇を貪っていたあとで、僕はそれをやめた。そして、再び彼女の尻を摑み、さらに激しく腰を打ち振った。

「あっ！　ダメっ！　うっ！　いやっ！」

静まり返った部屋の中に、苦しげに発せられる彼女の声が淫らに響き続けた。

最初はためらっていた彼女も、やがて僕との結婚に合意してくれた。それで僕は尻込みする彼女を、多摩丘陵にある自分の実家に連れて行った。

できることなら、両親にはありのままの彼女を認めてもらいたかった。そして、僕が彼女と結婚することを許してもらいたかった。法律がそれを認めないのだから、せめて両親にはそうしてもらいたかったのだ。

僕の両親はかなり進歩的な考えの持ち主だったから、僕たちのことを快く祝ってくれるのではないか、という思いもあった。

だが、結果として、それは彼女をひどく傷つけることになってしまった。

父は僕に「そんなことは絶対に許さない」と言った。母は驚いて泣き崩れた。父にひどい罵《のの》り方をされた彼女は、途中で泣きながら家を飛び出してしまった。

僕はその後も実家に残り、両親を何とか説得しようとした。けれど、それはついに徒労に終わった。

「わかったよ。お父さんにもお母さんにも認めてもらわなくてもかまわないよ。だけど、僕の心は変わらない。僕は彼女と結婚するよ」

長時間にわたる話し合いの末に、僕は両親にそう宣言した。

そんな僕に、父は「親子の縁を切る」と言った。母はずっと泣き続けていた。両親が認めてくれないのは悲しかった。彼らと疎遠になるのは辛かった。両親に孫の姿を見せられないことや、僕自身が親になれないことを決意するのも、それなりに勇気のいることだった。

けれど、僕の考えが変わることはなかった。

性交のあとで、僕と彼女は素肌にバスローブをまとって庭に出た。そして、ガゼボのクッションに寄り添うようにして座り、照明灯に照らされたプライベートプールに目をやりながら、風が椰子の葉を揺らす音を聞き、渓谷の底を洗うようにして流れる水の音を聞き、大きな声で続けられている虫やカエルの合唱を聞いた。

湿った暖かな風が、僕たちのバスローブの中に絶え間なく流れ込んで来た。火照った体にそれが心地よかった。

プールの水面にいくつかのプルメリアが浮かんでいた。どれも白いプルメリアだった。その影が青く塗られた水底に映っていた。

途中で僕はプライベートプールの照明灯を消した。そのことによって、辺りはほぼ完全な闇に包まれた。

今夜は月がないせいで、空には信じられないほどたくさんの星が瞬いていた。まるでプラネタリウムにいるかのようだった。

その暗がりの中でいくつものホタルが、点滅を繰り返しながら舞っていた。風に流される光もあれば、一カ所で点滅を続けている光もあった。別の光を追うようにして飛んで行く光もあったし、ふらふらと高く舞い上がって行く光もあった。

「綺麗……すごく綺麗……」

僕に寄りかかった彼女が呟くように言った。

そんな彼女の長い髪を、僕は指でゆっくりと梳き、その指先で彼女の唇に触れ、鼻に触れ、頬に触れ、また唇に触れた。

彼女の額にはいまだに汗が光り、僕を見つめるその目はいまだに潤んでいた。辺りは本当に暗かったけれど、ほんの微かな光の中にそれが見えた。彼女の体からはジャスミンみたいな香りが、いまだに立ちのぼり続けていた。

「ねえ、いいの？……わたしで本当にいいの？」

彼女がまた、さっきの言葉を繰り返した。

「僕は杏奈が好きなんだ。だから、どうしても結婚したいんだ」

僕もまた、さっきと同じような言葉を繰り返した。

「健次くん……好きよ」

囁くように彼女が言った。そして、キスを求めて目を閉じた。


翌日は朝から激しい雨が降っていた。十数メートル先にあるものも見えないほどの、本当に凄まじい雨だった。

神さえ僕たちを祝福してくれないのか……。

降りしきる雨を見つめ、そんなことを思いながら、僕は唇を嚙み締めた。

そんな僕を部屋に残し、彼女は結婚式の身支度を整えるためにホテル内の美容室に出かけていった。式は正午に始まる予定だった。

窓辺のソファに深くもたれ、僕は大きな窓の外を眺め続けた。

おい、健次、本当にいいのか？

僕は自分自身に訊いた。

僕にしたって、何も不安がないというわけではなかった。

実は、日本を出国する時にも一悶着あった。彼女のパスポートには『男』と書いてあったし、石崎浩一郎《いしざきこういちろう》という彼女の名前も男のものだった。それにもかかわらず、彼女はどこから見ても女だったから、審査官がひどく戸惑ったのだ。

出国審査は大事にはならなかったけれど、これから先もいろいろな問題が発生するのかもしれなかった。いや、たぶん、そうなるのだろう。彼女は法律上は、僕の妻にはなれないのだから……。

けれど、ぐずぐず考えてみてもしかたなかった。すでに賽《さい》は投げられたのだ。

まあ、いいさ。祝福なんかいらないさ。

考えてみれば、男と女との結婚だって、破局することは少なくないのだ。大勢の人々に祝福されて結婚したカップルの何組かに一組は、憎しみ合いの末に別れているのだ。

そう。彼女が男だからとか、女だからとかは関係ない。もし万一、僕たちの結婚生活がうまくいかなくなることがあったら、それは性別の問題ではなく、彼女と僕の相性の問題なのだ。

僕はローテーブルの上のカップを手に取った。そして、さらに激しさを増した雨を見つめながら、すっかり冷めてしまったハーブティーを飲んだ。

雨はさらに強くなっていた。

ホテルに併設された教会にいるのは、牧師と何人かのホテルスタッフ、それに彼女と僕だけだった。百人以上が参列できるという教会は広々としていたから、何だかとても殺風景に感じられた。

ふたりきりの結婚式――祝ってくれる人は誰もいない。

けれど、もう、そんなことは気にならなかった。彼女さえいてくれれば、ほかには何もいらなかった。

僕は彼女を見つめた。

尖った両肩が剝き出しになった純白のウェディングドレスに身を包んだ彼女は、神々しいまでに美しかった。

「どうしたの、健次くん？」

ぼんやりと自分を見つめている僕に、彼女がにっこりと微笑みかけた。ルージュの光る唇のあいだから、真っ白な歯がのぞいていた。

「いや……杏奈があんまり綺麗だから……つい、見とれちゃって……」

僕の言葉を耳にした彼女が、また真っ白な歯を見せて微笑んだ。

彼女と僕は並んで祭壇に立った。

健やかなる時も病める時も、あなたは新婦を愛し続けることを誓うか？

現地人の牧師が片言の日本語で、僕にそんなことを訊いた。

「はい。誓います」

彼女に向かって……いや、全世界に向かって、僕はそれを力強く宣言した。

牧師がゆっくりと頷き、今度は彼女に同じ質問をした。

「誓います」

彼女が小声で言った。

牧師に促され、僕は両手で彼女のベールを持ち上げた。そして、彼女の唇に自分のそれを、そっと静かに押し当てた。

雨はさらに激しく降っていた。雷までが鳴っていた。

誓います……。

僕は心の中で、もう一度、その言葉を繰り返した。

彼女の目から大粒の涙が流れ落ちていた。

そう。彼女は女だから泣いていいのだ。

けれど、僕は男だから……泣くわけにはいかなかった。

泣く代わりに彼女を見つめ、僕は静かに微笑んだ。

あとがき

目黒川のほとりにしゃがんで、父の母である祖母と夕暮れの空を眺めている――。

それが僕のいちばん古い記憶だ。

その夕日はとても赤くて、とても大きくて、空全体が真っ赤に染まっていた。空や雲だけではなく、街のすべてが――立ち並ぶビルも、行き交う車も、足元の歩道も、歩いている人々の顔や服も、まるで赤いサングラスを通して見たかのように、すべてが赤く染まっていた。

僕の隣で夕暮れの空を眺めながら、祖母が僕に、『お兄ちゃんになったんだから、これからはもっとしっかりしなければならないよ』というようなことを言った……そう記憶している。

その時の祖母と僕は、自宅から徒歩10分ほどのところにあった中目黒の共済病院に行った帰りだった。僕の弟を産んだ母が、その病院に入院していたのだ。

　僕の記憶が正しければ、あれは弟が生まれた数日後のはずだから、1963年の10月終わりか、11月の初めの頃だったということになる。そして、もし、そうだとすれば、あの日の僕は2歳5カ月だったはずだ。

だが、生まれたばかりの弟を見たという記憶はない。出産を終えたばかりの母の姿を目にした覚えもない。

　僕が覚えているのは、病院の帰りに目黒川のほとりで眺めた真っ赤に染まった空と街、祖母の言葉、そして、すぐ近くで揺れていたコスモスのことだけである。

いや、コスモスの花の記憶は、あとから付け加えられたものなのかもしれない。記憶というものは、しばしば容易に書き換えられるものだから……。

　それでも、祖母とふたりで夕焼け空を眺めたことは確かだ。確かだと思う。

あの日の夕日は本当に赤くて、本当に大きかった。そして、その赤い夕日に照らされた辺りの光景は、幻想的なまでに美しかった。

　この夕方のことをずっと覚えておこう。いつまでも、いつまでも覚えておこう。

あの時、幼い僕はそう思った。自分がそう思ったことを、今も覚えている。

　あれから半世紀近くがすぎた今も、僕はしばしばあの夕暮れの空を思い出す。あんなに美しい夕方はめったにないけれど、朱に染まった空を見上げるたびに思い出す。

今から数日前の夕方、妻と境川の遊歩道を散歩していたら、西の空が徐々に赤く染まり始めた。やがて空全体が真っ赤な色に変わり、直後に、周りにあるすべてのものが赤く照らされた。それは、思わず足を止めてしまうほどに美しい光景だった。

真っ赤に変わった空を、何十羽という数のムクドリが群れとなって舞っていた。それは鳥の群れというよりは、魚の群れのようにも見えた。いや、群れではなく、ひとつの意志を持った一匹の生き物みたいにも見えた。

遊歩道のすぐ脇では、終わりかけたコスモスが咲いていた。ねぐらに戻るスズメが、せわしなく鳴いているのも聞こえた。

そして、僕はまた、48年前に見た夕暮れの空のことを思い出した。

昔はそんなことはなかったのに……どういうわけか、最近の僕は、夕暮れの空を見るたびに泣きたくなる。

数日前のあの日も、空を見上げて僕は涙を滲《にじ》ませた。何ていうか……こうして生きて、空を見上げていられることが、まるで奇跡みたいに思われたのだ。目に映るすべてのものが、いとおしくてたまらなくなってしまったのだ。

僕はすぐにいなくなる。けれど、今はまだここにいる。

短編連作集『60秒の煉獄《れんごく》』を別にすれば、この本は僕の初めての短編集である。

こうしてこの本のゲラを校正していると、どれもこれもが、いかにも僕らしい作品ばかりである。

そう。この短編集は、言ってみれば、大石圭という異端の作家のエッセンスのようなものなのだ。みなさまが、この『愛と性のエイト・ストーリーズ』を、存分にご堪能《たんのう》いただければ幸いである。


「オカメインコ」「エクスワイフ」では新潮社の葛岡晃氏に、また「夫が彼に、還る夜——。」「愛されるための三つの道具」「摩天楼で君を待つ」では綜合図書の小林智広氏に、それぞれ多大なアドバイスをいただいた。おふたりに感謝したい。

光文社の藤野哲雄氏と中西如氏には今回もまた、たくさんのご尽力をいただいた。おふたりの力がなければ、散らばっていた短編の数々を1冊の本にすることはできなかったかもしれない。

藤野さん、中西さん、ありがとうございました。初めての短編集、嬉しいです。

二〇一一年十一月　　　大石　圭

〈初出〉

オカメインコ　「小説新潮」二〇一〇年六月号
ワインの味が変わる夜　「小説宝石」二〇一〇年二月号
拾った女　「異形コレクションXXXI巻　妖女」（二〇〇四年十月刊）
夫が彼に、還る夜——。　「深紅」（「特選小説」二〇一〇年六月号増刊）
愛されるための三つの道具　「特選小説」二〇一〇年一一月号／一二月号／二〇一一年一月号
エクスワイフ　「小説新潮」二〇〇九年一〇月号
摩天楼で君を待つ　「小説　蒼」（「特選小説」二〇一一年六月号増刊）
杏奈という女　書下ろし

光文社文庫

文庫書下ろし&オリジナル

エクスワイフ

著　者　大《おお》石《いし》　圭《けい》

2012年1月20日　初版1刷発行

発行者　駒　井　　稔
印　刷　萩　原　印　刷
製　本　榎　本　製　本

発行所　株式会社　光　文　社

〒112-8011　東京都文京区音羽1-16-6
電話（03）5395-8149　編集部
8113　書籍販売部
8125　業務部

ISBN978-4-334-76359-6　Printed in Japan

組版　萩原印刷

お願い　光文社文庫をお読みになって、いかがでございましたか。「読後の感想」を編集部あてに、ぜひお送りください。

このほか光文社文庫では、どんな本をお読みになりましたか。これから、どういう本をご希望ですか。

どの本も、誤植がないようつとめていますが、もしお気づきの点がございましたら、お教えください。ご職業、ご年齢などもお書きそえいただければ幸いです。

当社の規定により本来の目的以外に使用せず、大切に扱わせていただきます。

光文社文庫編集部